KB020200

전시

L'Exposition
by Nathalie Léger

전시

L'Exposition

나탈리 레제 지음
김예령 옮김

봄날의책

일러두기

* 이 책의 주석은 모두 옮긴이가 작성한 것이다.
* 원문에서 대문자로 강조한 부분은 고딕체로, 이탤릭체로 강조하거나 구분한 부분은 방점으로 표시했다.

— 하지만 그녀는 당신에게 아무것도 아니야.

— 그래, 루이즈는 말한다.

— 그 여잔 당신에게 아무것도 아니라고.

— 그래, 루이즈는 순순히 같은 말을 되풀이한다. 그러면서도 그녀는 그에게는 보이지 않는 제 앞의 무언가를 계속 바라본다.

— 그런데.

— 그렇긴, 아무것도 아니야, 그녀는 말한다.

클로드 시몽, 『풀』

스스로를 방기하기, 아무것도 미리 계획하지 않기, 아무것도 원하지 않기, 아무것도 분간하지 않기, 흩트리지도 않기, 뚫어지게 바라보지 않기, 그보다는 이동시키기, 교묘히 빠져나가기, 흐릿하게 만들기, 그리고 속도를 늦추며 모습을 드러내는 단 하나의 마티에르를 관찰하기, 그것이 나타나는 방식대로, 그 무질서 속에서, 심지어 그 질서 속에서.

사람들은 그녀의 아름다움이 아연실색할 정도라고 말했다. 그녀는 꼼짝하지 않으며 사납고 냉랭하다고. 그녀가 등장하는 모습을 보고 메테르니히 공주*는 이렇게 털어놓았다. "나는 그 기적 같은 아름다움 앞에서 돌처럼 굳어버렸

* 파울리네 폰 메테르니히(Pauline von Metternich, 1836~1921) 공주이자 후작 부인. 헝가리의 대귀족 산도르의 딸로, 오스트리아 제국의 수상 클레멘스 폰 메테르니히의 아들이자 자신의 외삼촌인 리하르트 폰 메테르니히 후작과 결혼해 당시 빈과 파리 사교계의 주인공 역할을 했다.

답니다. 감탄이 나오는 그 머리칼, 님프의 몸매, 분홍 대리석 같은 안색이라니요! 간단히 말해 올림포스산에서 내려온 비너스였어요! 일찍이 그런 미인은 본 적이 없었지요. 아마 앞으로도 없을 겁니다!" 그녀는 그 사납고 냉랭한 기색으로 소파에 자리 잡고 무리 한가운데에서 방심한 채, 차갑고 냉정한 시선을 하고, 자신이 마치 성궤처럼 탄복의 대상이 되도록 내버려둔다. 사람들은 그처럼 강력한 힘을 가진 그녀, 그 미모 때문에 다른 이들의 아름다움이 사그라지고 만다는 그녀를 증오한다. 때는 크림전쟁이 한창이고, 후작 부인은 그녀의 등장이 "동방 문제의 축소판 비슷한 것을" 일으킴을 확인한다. 사람들은 혹시 사소한 결점의 그림자라도 있는지 찾아본다. 그들은 그녀의 자기과시를 교양 부족이라 여기며 기뻐한다. "소박하고 자연스러웠다면 이 여인은 그야말로 온 세상을 뒤흔들었을 텐데…… 아마 우린 이 백작 부인이 보다 소박한 사람이 아닌 걸 자축해야만 하겠군요……" 라고 메테르니히 부인은 말한다. 사람들은 가서 괴물들을 구경하듯 그녀의 아름다움을 쳐다보았다.

나는 우연히, 어느 지방 도시의 쓰러져가는 서점 안 작은 나무 계단 꼭대기에서 그녀를 발견했고, 다른 이유로 그녀에게서 깊은 인상을 받았다. 한 여자가 『스스로의 연출에 의한 카스틸리오네 백작 부인(La comtesse de Castiglione par elle-même)』이란 제목의 카탈로그 표지 위로 불쑥 들이닥쳤는데, 난 그만 그 시선의 심술궂음에 소름이 끼치며, 이미지로 떠오르는 그 여인의 난폭함에 깜짝 놀랐던 것이다. 정신이 혼란스러워지며 영문을 알 수 없이 머릿속에 이런 말만 떠올랐다. '그 여자로 인해 내가 나 자신에 반(反)해서.' 약간 진정이 되고 난 후 내 귓가에 들린 건 95번 노선버스에 탄 한 여자가 다른 여자에게 털어놓는, 자신이 질투하게 된 사정에 관한 한탄 섞인 긴 이야기였다. 버스에서 내릴 즈음 그녀는 이렇게 자신의 속내를 요약했다. "알겠지, 내 문제는 그이가 아니라 그 여자야. 그 딴 여자라고." 조금은 굴곡진 여성성의 여정에서 우리가 발이 걸려 비틀거리는 돌부리는 어떤 다른 여자다.(딴 여자 – 우리는 아버지로 하여금 엄마 곁을 떠나도록 만든 여인을 그 이름으로 불렀었다 – '딴 여자', 그것이 그녀의 이름이 됐다. 그녀 자신의 특질을 무효화하면서 오로지 그녀의 기능에만 결부되는 명칭. 딴 여자, 다시 말해 합법적이지 않은 여자, 엄마가 아닌 여자. 딴 여자, 그녀가 뭘 하든 우리는 그녀를 증오한다. 우리는 그녀를 욕망한다.)

그녀가 들어선다. 그녀는 분노와 비난의 움직임에 잔뜩 사로잡힌다. 그녀는 휘장에 가려진, 말하자면 복도로부터 이미지의 오른편으로 불쑥 등장한다. 허리께로 가져간 손엔 칼 한 자루를 들고 있는데, 그것이 그녀의 배 위에서 비스듬히 빛난다. 얼굴은 굳었고, 입은 가냘프고, 꽉 다문 입술, 찌푸린 눈썹, 투명하고 냉정한 시선에, 머리채는 흠잡을 데 없이 앞가르마를 타 작고 딱딱한 두 개의 띠처럼 납작하게 눌러 빗었다. 정중앙에서 부르르 떨리는 그녀의 꽉 쥔 주먹에 가려 손잡이가 보이지 않는 칼은 그 바람에 거의 존재하지도 않을 정도다. 그만큼이나 그것의 백색은 드레스의 빛나는 새틴 천 속으로 사라져 있다. 반면 칼의 끝부분은 포커스의 중심에서 이미지의 정중앙과 날의 단면을 자극한다. 마치 의복의 넓은 자락만으로는 충분치 않다는 듯, 그녀는 파유(faille)* 직물로 만든 휘장을 손가락 새에 감아 묘하게 다소곳한 몸짓으로 잡아당긴다. 하지만 그녀가 자신의 육체를 감추려는 건 아니다. 죽었다 깨어나도 그럴 리 없다. 그저 양철스툴이 막고 있는, 그 물건의 다리 한쪽은 여차하면 삐져나올 기세다, 가짜 복도를 가리려는 것이다. 이 여인은 들어오며, 죽이고 싶어 한다. 연극성을? 그렇다, 누구도 의심할 나위 없이, 그녀는 무대 위에 있고 그 모든 것이 진짜처럼 보이도록 정성을 기울이는 척하고 있다. 모든 위대한 여배우들이 그렇듯, 그녀 또한 진짜인 척하는 척하고 있다. 이 여인은 들어오며, 죽이고 싶어 한다.

책장에서 카스틸리오네의 카탈로그를 찾아봤다. 전에 그걸 사고는 이내 거기에 놔두고 말았었다. 그 이미지들의 사나움과 깊이 없는 애수와 실패가 주는 불쾌감이 금세 되살아났다. 이 제2제정 시대의 한시적인 여주인공에게서, 그러니까 그 많은 시간을 저 자신의 사진을 찍는 일로 보낸 이 여인의 운명에서 내게 친숙한 점이라곤 아무것도 없었다. 그런

* 결이 굵고 물결무늬가 감도는 비단의 한 종류.

데도, 그 화보집을 열자 나는 집으로 되돌아오는 듯한, 집은 진작에 다 허물어졌잖나, 그럼에도 두려움과 함께 그곳을 알아보며 그리로 다시 들어서는 듯한 이상한 기분이 들었다.

당시에 나는 폐허와 관련된 기획 한 건을(또 기획이다) 붙들고 있었다. 문화유산관리국 측이 자율 재량권을 내밀며 제안한 기획이었다. 이 주문에서 관건은 "자기 것으로 만들 수 없는 것에 대한 감수성", "형태의 소멸", "비극적 시간에 대한 날카로운 의식"에 있었다. 또한 각각의 참여는 저마다 한 곳의 역사적 기념물에서 이행되어야 했다. 내게 추천된 장소는 C*** 박물관이었다. 그 박물관의 소장품 중 딱 한 점을 선택해야 한다, 그러고 나서 "그 모티프를 중심으로 수를 놓아야" 할 거다, 그렇게 권한 후 문화유산관리국의 특임관은 마치 지저분한 농담을 하고 난 것처럼 다소 멋쩍게 웃었다. 그런 다음에는 다른 박물관들에 여타 동시대 작품들의 대여를 요청해 앞서 선택된 소장품의 가치를 부각시켜야 합니다. 처음에 나는 빅토리아 여왕의 지시로 크림전쟁 전선에 파견됐던 영국의 종군 사진작가 로저 펜턴*의 보도사진을 염두에 두었었다. 1855년의 어느 흐린 날에 펜턴은 다 죽어버린 자연을 배경으로 포탄들이, 포탄이 아니라면 규칙적으로 배열된 돌무더기 내지 두개골들이 이리저리 널린 적막한

* Roger Fenton(1819~1869). 최초의 종군 사진작가. 크림전쟁 당시 영국의 공식 사진가로 파송돼 약 1년 동안 360여 점의 전장 사진을 찍었다.

골짜기를 포착한 그 기이하고도 유명한 사진을 완성했다. 언젠가는 그 사진을 사서 소장하리라 꿈꾸기도 했었는데. 그러나 펜턴의 사진은 해당 박물관의 소장품에 들지 않았다. 이렇게 해서, 특임관이 보내주겠다고 한 작품 목록을 기다리는 사이에 난 내 책장에서 그 여인, 그러니까 저 카스틸리오네의 화보집을 찾아보게 되었던 것이다. 예전에 사서 이내 치워둔 그 화보집에는 마침 C*** 박물관에 귀속된 자료 여러 점이 실려 있었다.

어느 날, 라디오에서 장 르누아르의 굵직한 목소리가 〈게임의 규칙(La Règle du jeu)〉*에 대해 이런 말을 했다. "그 주제는 날 완전히 잡아먹었지요! 훌륭한 주제는 언제나 자신을 불쑥 덮칩니다. 그것이 당신을 끌고 가는 거예요." 여러 해 동안 나는 글을 쓰는 데 있어 가장 당연한 것이 자신의 주제를 끌고 가는 일이라 생각했었다. 많은 해설가들이, 저명한 작가들이, 비평가들이 그렇게 말하지 않았던가, 글을 쓰려면 자신이 말하려는 바를 알아야 한다고. 그들은 누누이 그렇게 못 박았다. 뭔가 할 말이 있어야 한다, 세상에 대해서, 사는 일에 대해서, 아니면 다른 것에 대해서, 대해서, 대해서. 나는 주제, 바로 그것이 자신을 끌고 가는 것임을 몰랐다. 그것이 아무것에도 속하지 않을 수 있다는 사실도. 그날 나는 무턱대고 책 한 권을 집어 들었다. 비단뱀에 관한 책이

* 장 르누아르(Jean Renoir, 1894~1979) 감독의 1939년 작품.

었다. 먹이를 집어삼키는 비단뱀들, 기습적으로 포착된 삼켜지는 동물, 당신이 당신 머릿속에 박아둔 바를 뱉어내게끔 만드는 저 부동의 냉혹한 주제에 먹혀가는 동물의 시선. 하나의 주제. 거대하지만 가리어졌고, 이해 불가하되 강력한, 당신보다 강력한, 그러나 가장 흔하게는 미소한 외관을 띤 하나의 세부, 오래된 추억, 별것 아닌 것, 그렇지만 당신을 덮치고, 박정하게도 당신이 제 안에서 혼란을 느끼도록 만들고, 급기야 몇몇의 불안한 허깨비들, 길을 잃고도 끈질기게 고집부리는 유령들을 천천히 게워내게 하는 그 주제.

죽음과 마찬가지로, 그리고 다른 한두 가지 사소한 것들과 마찬가지로, 주제는 말해질 수 없는 어떤 것을 이르는 명칭일 따름이다. 그것의 외관은 평범하다, 그때그때의 우연한 만남에서 듣게 되는 한 단어나 예컨대 내가 읽은 건지 들은 건지 더 이상 모르겠는 이런 문장처럼. "수치 앞에서는 눈을 들기가 두렵다." 뭐지, 무슨 관계가 있지, 어째서 이걸 다짜고짜, 거칠게, 주제에 연결시키나, 왜 이 문장이 그것에 핵심적일 수 있다고 생각하나? 『냉혈한(In Cold Blood)』에서 트루먼 커포티*는 "내 주제엔 놀라운 잠재력이 있다"라고 했었다. 하지만 어떤 주제를 말하는가? 캔자스의 보잘것없는 두 살인자 이야기? 그런데, 그건 실상 전혀 중요하지 않다. 커포티의 주제, 그의 주제가 지닌 힘은 바로 그의 증오이

* Truman Capote(1924~1984). 미국의 소설가, 극작가. 논픽션 소설 『냉혈한』으로 부와 명예를 획득한 후 절필과 추락의 길을 걸었다.

므로. 물론 두 살인자가 저지른 행위에 대해서가 아니라 그 둘이 커포티 자신에게 불러일으킨 공감 내지 욕망을 향한 증오, 그 같은 사로잡음에 대한 증오 말이다. 그리고 정확히 책의, 그것도 핵심적인 책의 주제들로서 두 사람을 작가는 견딜 수 없었다. 마지막에 이르러 사형은 발판을 밀어젖히고, 보잘것없는 살인자들은 그 일을 겪으며, 주제는 높고 짤막하게 매달린다. 그리고 커포티는 날카롭게 목소리를 높여 거듭 같은 말을 한다. "당신들을 구하기 위해 난 모든 것을 했다." 2005년 7월에서 2007년 12월까지, 나는 폐허에 관한 자율 재량권에 부응하기 위해 한 인생을, 그 여인 카스틸리오네의 생애를 전시하고자 했다. 나는 그 주제에 붙잡혔고, 그것에 걸려들었다. 그걸 구하기 위해, 바꿔 말해 그로부터 빠져나오기 위해 모든 것을 했다. 그러나 어느덧 난 이미 그것에 먹혀 있었다.

작고 쪼글쪼글해진 그녀의 사진 한 장을 골동품상의 상자 바닥에서 발견한 날을 돌이키며, 로베르 드 몽테스키우 백작*은 "나는 그녀를 알지 못하면서 알아보았다"라고 쓴

* Marie Joseph Robert Anatole, Comte de Montesquiou-Fézensac (1855~1921). 시인이자 댄디, 수집가. 문인으로서의 자질을 인정받기보다는 이상적인 댄디로서 보들레르, 프루스트 등 뭇 작가와 예술가 들의 관심을 받았다. 위스망스의 『거꾸로(À rebours)』에서 데 제생트, 프루스트의 『잃어버린 시간을 찾아서(À la recherche du temps perdu)』에서 샤를뤼스 남작의 모델이기도 하다.

다. 그는 이런 말도 남긴다. "흐트러지고 불분명해진 이 용모를 성실한 연구와 소중한 발상에 힘입어 고정하고 구체화시키고 싶다. 나는 이 형상에서 미지의 여인을 끌어내는 일에 전념하려 한다." 나는 그녀를 알지 못하면서 알아보았다. 심지어 잊은 적이 있다는 사실조차 기억나지 않는다.

약간씩 사이를 떼어 배치한 가느다란 나무틀들에 일곱 개의 두 겹 종이 차폐막이 설치돼 있다. 일곱 개의 이중 칸막이벽, 여섯 개의 간격, 박물관 중앙에 세워진 긴장의 공간이다. 이 특별한 저녁에 초대받은 이들이 그 주변에 모였다. 예술가 무라카미 사부로*가 등장한다. 가벼운 인사. 권투 선수의 신체를 가진 그가 종이의 불투명성을 마주하고 꼼짝 않는다. 관객은 몇 초 동안 예술가의 정신 집중에 참여한다. 한 사내가 자신의 힘을 모으면서 공공의 시선 앞에서 자신 속으로 내려간다. 그가 자기 자신 속으로 내려간다. 또다시 웅성거림이 일고, 이어 다들 침묵. 동작이 시작되나? 아니다, 그는 생각을 고친다. 이어, 이번은 맞다, 그가 몸을 던져 종이 막들을 통과하고, 귀를 찢는 소음 속에서 고투하며 그리로 먹

* 제2차 세계대전 후의 일본에 적극적으로 전위예술을 소개한 행위예술가. 일본의 대표적 아방가르드 미술 단체 구타이 그룹(구체미술협회)의 주요 회원이었던 무라카미 사부로(村上三郎, 1925~1996)는 그룹의 첫 단체전(1955)에서 종이 벽을 찢는 퍼포먼스를 펼쳤다. 이를 통해 전후 일본의 좌절감 및 그에 대한 맞섬을 표현한 것으로 알려졌다.

혀 들어가 사라진다. 그의 공격과 함께 종이의 시끄러운 폭발음이 들린다. 커다란 종이 더미가 긴 찢김이 되며 무너지고, 예술가의 몸은 여전히 구멍을 파고, 찢고, 무너뜨리고, 이 시끄러운 붕괴 아래 와해되며 어렵사리 앞으로 나아간다. 마침내, 그가 기진맥진한 채 대결에서 빠져나오고, 비틀거리며 쓰러지고, 초대받은 이들은 뒷걸음친다. 그는 다시 일어나 정신을 수습하고 인사를 한다. 끝난 거다. 이 일은 불과 몇 초밖에 걸리지 않았다. 그의 등 뒤에서 작품이 헐떡이고 있다. 찢긴 종이 자락이 제 빈 구멍 위로 천천히 늘어진다. 이제 이게 바로 그것이다, 당신을 먹었다가 다시 뱉은 그 주제란 것. 박물관에서 작품을 실행하는 건 그와 같은 폐허, 마모되며 길을 트는 통과, 그 터진 구멍이다.

한창 젊은 카스틸리오네 백작 부인이 처음으로 마예르 & 피에르송 촬영소, 다시 말해 사교계 인사들의 사진을 제작하는 공방에 들른 것은 1856년 7월의 어느 날이었다. 그들의 촬영소가 호사스러웠다는 건 알려진 사실이다. 판화들은 그곳에 응접실, 부속실, 널따란 회랑 들이, 그리고 여러 진열실을 빛으로 적시는 거대한 창구들이 있었음을 보여준다. 반면, 사진상으로 발견되는 건 평범하기 이를 데 없는 응접실 달랑 하나로, 그곳은 여느 호텔 방과 다를 바 없다.(한 구석에 놓인 부르주아풍의 서랍장, 큰 꽃무늬가 있는 양탄자, 그리고 사진 한 모퉁이를 어색하게 차지한 닳은 벨벳 커버의 작은 안락의자.) 그녀의 초창기 음화(cliché)들 중 하나는 아이 및 유모와 함께 찍은 단체 초상 사진이다. 그녀, 곧 비르지니아 올도이니 디 카스틸리오네는 매우 꼿꼿한 자세로 환히 빛나며, 스스로의 미모에 대한 확신이 불어넣는 상상력 이외의 상상력은 갖고 있지 않다. 아이는 가운데에 멍하니 앉아 있다. 유모는 약간 뒤로 물러남으로써 '쓸모'라는 그녀의 역할을 완벽히 이행하고, 심지어 자신의 사회적 지위에 대한 매우 예리한 감각을 통해 스스로의 얼굴을 흐릿하게, 거의 읽을 수 없는 것으로 만들기까지 한다.

사진가 피에르루이 피에르송*은 서른네 살이다. 그는 당시의 비좁은 사교계에서 프랑스가 가장 반짝인다고 여기는 모든 걸 사진으로 찍었다. 1853년 이래로 그는 나폴레옹 3세의 단골 사진가다. 궁정, 귀족, 재계의 거물들이 앞다투어 그의 응접실로 몰려든다. 공화주의자 나다르**가 마예르 & 피에르송 공방의 활약에 준엄한 판단을 가한다는 사실이 전혀 놀랍지 않다. "이곳은 윤곽선들의 배치를 모델에게 가장 유리한 시점에서 각기 다른 방식으로 다루지도 않고, 모델의 표정을 고려하는 법도 없고, 빛이 이 모든 것을 비추는 방식 또한 전혀 감안하지 않은 채, 고객을 늘 같은 자리

* Pierre-Louis Pierson(1822~1913). 프랑스 제2제정기의 사진작가. 수채물감이나 유성물감으로 리터치한 초상 사진들을 제작했다.

** Félix Nadar(1820~1910). 사진 예술 초창기에 초상 사진의 걸작들을 남긴 프랑스 사진작가.

에 앉힌 후 침침한 회색의 똑같은 클리셰만 무턱대고 확보했다." 그러니까 이 별 볼 일 없는 사진가 피에르루이 피에르송이 40년 세월 동안 이 여인을 찍고, 눈썹 하나 꿈쩍 않고 그녀의 영화와 실추를 음화로 포착하며, 자기 시대에서 가장 수수께끼 같은 사진 작품, 비밀스러운 동시에 상징적인 한 작품을 구현하게 될 장본인이라는 것이다. 그녀에게는 그가 예술가이거나 감정을 지닌 존재일 필요가 없다. 그녀에게 필요한 건 오로지 그의 기술과 신중함일 뿐이다. 사람들은 "그가 제시하는, 더 적절히 말하자면 그가 자신의 모델들이 취하도록 놔두는 그 포즈들의 단순함"을 찬양한다. 그들은 그가 가만히 내버려둔다고, 그리고 멀찌감치 떨어져 몇 마디 안 되는 말로 지휘한다고들 말한다. 그 나머지, 장면이나 의도, 즉 예술에 해당하는 사항은 일절 손대지 않으니, 그럴 필요가 없다, 그녀가 그 모두를 맡는다. 더구나 이런 의심의 여지도 남아 있다. 그녀는 어떤 결과를 얻고자 자신의 사진을 찍는 게 아니리라는 것. 이미지 때문에, 장방형의 작은 마분지들을 뒤덮는 포착할 수 없는 실체 때문에 그리로 오는 게 아니라는 것. 이윽고 그녀는 그 종이들 위로 헛되이 몸을 굽히리니, 이는 노출의 시간(le temps de pose)을 위한 일이다. 그녀는 그 기다림을 위해 그 자리에 있다. 스스로에 관해 하도 생각한 나머지 완벽히 스스로를 잊게 되는, 바로 그 순간 때문에 말이다.

작은 나무 단상 위에 앉은 사서는 매우 친절하다. 날 존중해주는 것 같고, 내가 등록 매뉴얼에 서툴러 하자 각별한 다정함을 보이기까지 한다. 마치 어김없이 등장하게 될 온갖 행정적 역경으로부터 날 보호하기라도 할 것 같은 기세다. 그녀가 미소를 지으며 설명한다. 침착하게, 천천히, 다시 설명한다. 그런 다음 상냥한 태도로 가볍게 고개를 끄덕이더니 내 열람증을 받아 다른 걸로 교체해준다. 그 카드가 있어야 다시 다른 입실증을 받을 수 있고, 그래야 내 자리를 확보할 수 있다.("특히, 입실증은 반드시 반환해주세요. 그럼 그걸 제가 퇴실증과 교환하며 원래 열람증을 돌려드릴 거예요.") 나는 사서가 주는 지침의 한 단계에서 다른 단계로 넘어갈 때마다 그 내용을 잊어버리며, 그녀의 호의에, 끝도 없이 중얼거리는 그이의 조언에 완전히 의탁하고 만다. 사서는 마침내 인내심을 잃는다. 나의 부주의에 짜증이 나나 보다. 아마도 자신의 친절에 내가 과도하게 의지할까 봐, 내가 자신에게 지나친 정감을 드러낼까 하여 염려하는 것이리라. 사서는 감동 섞인 제스처가 돌아올까 봐 신경 쓴다. 자신은 적절한 예의에 대한 센스가 있는 것이다. 그런데, 이제 난 그 사실을 확연히 깨닫는데, 이 사람의 언짢음은 다른 데서도 기인한다. 우리 둘이 조금 전 어린 시절의 독서에 관해 작은 목소리로 나눈 희미한 대화, 그렇듯 그녀가 무심한 태도로 고개를 돌리면서, 혹은 그러는 척하면서 던진 몇 마디가 그 발단이다. 사서는 지나는 결에 빠른 발음으로 거의 경구에 가까운 말을 늘어놓았는데, 그건 예전에 읽었던 책들이 주는 우울에 관한 진부한 얘기였고, 이어 그녀는 더욱 목소리를 낮춰 더 빠르게 속삭였다. "가장 슬픈 건 아마도 제가 최초의 감흥을 영원히 잃어버렸다는 점일 거예요. 그림 형제의 동화 한 편을 기억하는데요, 「거위 치는 여자」 이야기를 아시나요? 그 젊은 여자가 자신의 불행을 강에게 맡기기 위해 몸을 굽히자, 그녀의 어머니가 딸을 보호하려고 작은 손수건에 흘려둔 세 방울의 피가 탄식하지요. '아! 이 사실을 알게 되면 네 어머니의 심장은 산산조각이 날 텐데'라고요. 그런데 바로 그런 불안을요, 그와 같은 탄식의 부드러움이나 감미로운 불행의 감정을 지금은 책을 다시 펼쳐 봐도 통 느낄 수 없어요. 다 사라지고 말았어요.(그러면서 그녀는 내 자리의 번호가 찍힌 카드를 내밀었다.) 또 『돌아온 래시』를 읽으면서 흐느껴 운 일은 어떻고요! 얼마나 눈물을 흘렸는지 모른답니다! 아주 단순한 일이에요, 그냥 못 하겠는 것, 더 이상 책을 못 읽겠는 거죠. 하지만 지금은 아무것도 없어요, 아무것도 안 느껴져요." 이 고백이 주는 위협을 떨치기 위해 나도 얼른 뭔가 털어놓을 궁리를 하지 않은 건 아니다. 하지만 그때 다른 도서관 방문객이 다가왔고, 그 바람에 사서는 내게 비난이 담긴 시선을 보낸 후 그의 카드를 받아 들었다. 이제 그녀는 모든 걸, 자신의 호의와 중얼거림과 고백을 처음부터 다시 시작한다. 심지어 그러면서 무뚝뚝한 동작으로 내가 자신에게 줘야 할 카드를 가리킴으로써 지시 절차를 절약하기까지 한다. 그 다음부터 그녀의 얼굴은 그늘에 묻혔다. 아마 높은 창문에서 부서지는 매끈한 빛 때문에 그리된 것이리라. 나는 입실증을 받아 들고 사서의 속살거림에 섞여드는 책장 넘기는 소리를 헤치며 앞으로 걸어간다. 종이 구겨지는 소리, 종이들의 자락 사이로, 무너진 종이 다발 사이로, 종이 더미를 향해 수그린 몸들을 헤집고, 마치 구덩이 속에 있다 숨이 불어넣어졌으며 그래서 다시 그 장소로 올라와 편히 숨을 내쉴 셈인 듯 종종 그곳에 들르는 얼굴들을 거쳐서. 하늘을 외면한 그 얼굴들은 여전히 눈이 먼 채로, 구태여 보려고 하지 않는다.

종잇장들은 곤충의 오래된 작은 골조처럼 건조하다. 카스틸리오네 백작 부인과 관계된 전 자료는 몽테스키우 백작의 주의 깊고 면밀한 비서, 피나르라는 이에 의해 커다란 공책들 속에 종합적으로 수집되었다, 고 하며, 거기 붙여진 각각의 자료, 가령 한 친구가 대신 옮겨 적은 고인의 유언이라든가 그녀가 죽은 1899년에 뜬 약력 기사들, 그녀의 재산이 경매에 부쳐진 1901년 당시의 코멘트들, 그녀를 알았던 사람들이 보냈으며 몽테스키우 백작도 검토한 바 있는 서신들에는 멋진 글씨체로 작성한 설명이 달려 있다. 오디에 부인은 비스듬히 기울어진 아름다운 필적으로 이렇게 쓴다. “그녀는 어찌나 아름다웠던지 그와 얼추 비슷한 것을 만들어낼 수 있다는 생각은 할 수도 없었다.” 엘리자베트 드 클레르몽토네르는 나다야크가(家)에서 열린 무도회의 끝 무렵을 이렇게 이야기한다. 5월의 너무나도 강렬한 아침 햇빛 속에서, “아름다움이 촉발하는 온갖 감동과 함께 그녀의 얼굴이 모습을 드러냈다. 이 미모에서는 기교가 큰 역할을 했다”. 그런가 하면 더 이상 모르겠다, 잊었다, 다 잊었으니 이것들, 오래된 소유품들, 후원 한구석에 남겨진 이 낡은 잔해를 공연히 파헤쳐서는 안 될 것이라는 말을 하려고 기록을 남기는 이들도 여럿이다. 몽테스키우 백작은 아주 모호한 실루엣밖에 더는 분간되는 바가 없는 실패한 사진들을 부착한다. "거의 판독할 수 없는 흥미로운 인화물. 그녀는 미상(未詳)의 뱃전에 서 있고 해군 장교들이 그녀가 읽는 것을 듣는다. 그녀는 맨머리임." 그가 행하는 일은 진정 이 여인, 즉 자신을 온통 사로잡은 이토록 아름다운 주제에 대한 조사다. 그는 「엄습」이라 이름 붙인 챕터 한 장을 연 후, 새 공책의 한 면에 "어떤 시간에 우리를 덮치고 사로잡아 더 이상 숨을 쉴 수 없게, 거의 살 수 없게 몰아붙이는 주제들, 그럴 정도로 모종의 형태들로 출현하는 데 필요한 지원을 받지 못했던 그 주제들을 향해 이끌려 갈 절박한 필요성"을 소환한다. 나는 층고 높은 자료실의 창구 쪽으로 고개를 든다. 하지만 그녀는 당신에게 아무것도 아니야. ㅡ 그래. ㅡ 그런데. ㅡ 그렇긴, 아무것도 아니야. 좀 더 시간이 지나고, 한적한 골목길을 걷는데 문득 한 건물의 포치 아래서 어떤 대화의 끝자락이 들린다. 모임이 파할 때 이는 평온한 소음 속에서, 불분명하게 섞인 목소리들을 뚫고, 조심스러운 최후의 작별 인사처럼 투척되는 마지막 한마디가 불거진다. "우리가 찾는 건 아주, 아주 작은 것이야." 상대방이 어둠 속에서 은은하게 웃는다. 둘은 각기 떠난다. 그들 사이에서 문이 다시 닫힌다.

주제 이야기라면 그를 두고 화가들이 곧잘 하는 말로 대신하는 편이 나을 것 같다. 세잔은 조아킴 가스케*에게 "나는 내 모티프를 잡는다네"라고 말한다. 모티프라, 그것은 무엇인가? "모티프라는 건, 보게, 이런 걸세……" 이렇게 말하면서 세잔은 두 손을 쥔다. 그는 그 둘을 천천히 모아들이고, 그것들이 서로 닿으며 한 손이 다른 손 안에 들어가도록 만든다, 라고 가스케는 이야기한다. 바로 그것이라고. "자, 이게 도달해야 하는 바라네. 내가 너무 높거나 낮게 지나가면 전부 망하는 거지." 그렇다면 나의 모티프는 무엇인가? 작은 것, 아주 작은 것이고, 그럼 그에 해당하는 동작은 어떤 것일까? 나는 그녀의 얼굴을, 1857년에 찍은 〈베일을 걷어 올린 초상(Portrait à la voilette relevée)〉을 바라본다. 그녀의 처진 눈매, 그토록 지치고 불만에 차 보이는 얇은 입, 상을 치르는 듯한 이 모습을. 이 여자의 슬픔은 소름이 끼친다. 아무런 감정이 없는 슬픔이라니, 그야말로 진정한 자기의 괴멸이고, 내면의 와해이며, 침통이다. 사진이 그 이미지를 제공할 순 있으리라, 하지만 그걸로 하나의 모티프를 만들려면 다른 것이 필요하다. 말을 사용해 천천히 당기고, 모으고, 뚫고 들어가도록, 그렇게 해야 한다.

나는 오텔 드루오**의 전시장 내부를 이리저리 헤맨다.

* Joachim Gasquet(1873~1921). 작가, 시인, 비평가. 세잔의 친구로서 특히 만년의 화가를 이해하는 데 중요한 책『세잔(Cézanne)』(1921)을 썼다.

** 파리 9구에 위치한 대형 경매 회사.

나는 기다린다. 가구들 사이를 배회한다. 결국엔 경매가 진행되는 지하 2층의 16호실로 내려가게 되리라는 걸 잘 알고 있다. 테이블과 서랍장 들 사이로 난 좁은 통로를 돌아다닌다. 제2제정 양식의 장의자들, 낡은 벨벳을 씌운 의자 더미, 중국제 골동품들, 상감세공을 한 게임용 테이블들을 따라 걷는다. 초조함을 다독여줄 믿음직한 방편이 틀림없이 있을 거야, 고대하고 욕망하는 대상 앞에 침착하게 자기를 드러내는 차근한 방법이. 하지만 난 그 방법을 모르는 채 어설피 길을 에돌고 딴 곳을 바라보며 계속 미룰 뿐이다, 대체 뭘? 모르겠다. 산더미처럼 쌓인 물건들 위로 유영하느라 정신이 녹초가 되는 만큼, 알 길이 없다. 화려한 붉은 비단을 발라 부자연스럽게 꾸민 전시장, 가구들이 마구잡이로 들어서 있군, 이 전시장들은, 벌집 구멍 형태의 슈퍼마켓과 진품실(珍品室)* 중간의 어떤 것 같아서는, 형광등의 불투명한 빛에 대대적으로 잠겨 있다, 형광등의 빛은, 이건 창백하게 변질되면서, 주변의 사물들이 제 윤곽을 넘어서는 듯한 착각을 안김과 동시에 이유도 없고 이해할 수도 없는 공허를 판다, 그러는 사이 바깥의 하늘은 이론상 맑다. 나는 노란색 목재로 짠 작은 장식장을 얼핏 바라볼 뿐, 그것의 눈 닿는 위치엔 수많은 서랍이 둘러싼 작디작고 곰팡이가 슬다 못해 불투명에 가까워

* cabinet de curiosités. 진귀하거나 독특하거나 새로운 자연물과 발명품 따위를 수집해 진열한 방. 르네상스기의 유럽에서 처음 등장했으며 그 핵심 요소들은 오늘날의 박물관이나 미술관, 식물원 등의 원형을 이룬다.

진 거울이 달렸는데, 어떤 것에도 눈길을 주지 않는다. 나는 아무것도 바라보지 않고, 나와 지하 2층의 16호실을 가르는 공간만 생각한다. 그 방의 모습을 떠올려본다, 그곳의 조명, 그 회색, 그리고 자신들의 고독에 줄곧 더 많은 형태들을, 자신들의 위안에 줄곧 더 많은 물건들을 안기려고 애쓰는 몸들의 더미 따위를. 나는 몸이 이끌리는 대로 에스컬레이터를 타고 지하 2층으로 실려 간다. 그러면서 가장 많이 제어되고 제일 길게 연기되는 욕망은 언제나 그런 식으로 끝나게 마련이라 생각해본다. 다시 말해 돌진으로. 비록 그것이 정성껏 감춰질지라도. 술책의 중단과 내적인 돌진으로. 비록 바깥에서 볼 때 모든 건 변함없이 매우 평온하다 해도.

16호실은 먼지투성이에다 중앙에 배치된 거의 텅 빈 진열창들에 비할 때 너무 넓었다. 게다가 지나치게 엄숙하고, 제가 제공하는 것보다 더 큰 무언가를 받아들일 채비를 끊임없이 하는 것 같았다. 입구에 들어서면서부터 안쪽 벽에 기대어 놓은 그림들이 눈에 띈다. 관리되지 않고 거의 아무렇게나 내놓아진 느낌이다. 기다란 참조용 테이블에선 몇 사람이 몸을 굽히고 두툼한 목록집을 열중해서 천천히 넘긴다. 그들은 낮은 목소리로 협의 중이다. 호화로움을 과시하는 온갖 기호들(이 붉은 벽지며 몰딩들, 우아하고 정중한 직원들)은 이 장소의 범용함과 역겨움, 그리고 거만한 위선을 더할 뿐이다. 자리에 앉아 고상한 조심성과(내일, 제가, 혹시, 경매에서 상당한 매물 세트를 사게 될 수도 있는데요) 가장

된 무심함을 적당히 챙기고 전문가들에게 말을 건다. 그들이 민첩하게 비위를 맞춘다. 그들은 꼭 벽 같다. 엄숙하기 그지없고 무심하기 그지없다.

그녀가 눈을 반쯤 감다시피 하고 팔을 건들거리는 자세로 서 있다. 그녀가 바닥에 앉아 쿠션들 사이로 몸을 구부린다. 그녀가 거의 무너진 듯이 바닥에 앉아 스코틀랜드인으로 분장한 작은 사내아이를 바라본다. 그녀가 양산을 들고 어깨까지 내려오는 챙 넓고 커다란 모자를 쓰고 있다. 그녀가 작은 소파에 몸을 젖히고 있다. 그녀가 병들이 놓인 테이블에 한쪽 팔꿈치를 괴고 앉아 있다. 그녀가 바닥에 누워 있는데 꼭 자는 듯하다. 그녀가 손에 칼을 쥐고 서 있다. 그녀가 거울 속의 자신을 비스듬히 바라본다. 그녀가 가운데를 파낸 액자를 통해 우리를 바라본다.

그런데, 어째서 이런 실망감이 들까? 16호실 벽지의 붉은빛이 형광등 아래에서는 회색으로 보이고 몰딩은 가짜 목재라서? 나는 잠자코 사진들을 바라본다. 그것들은 흐릿하다. 흥미롭게 그것들을 응시하는 척하지만 실망감이 몰려온다. 불현듯 그것들을 포기하고 아무 데에도 눈길을 주지 않은 채 나가버리고 싶은 마음이 된다. 그 사진들이 빛날 거라고, 생생할 거라고, 하나의 현전을 밝혀주리라고 상상했는데, 내 손에 들어온 건 시시하기 짝이 없는 인화물들뿐이다. 투명한 봉투 속에서 보관도 잘 안 됐다. 거기다 분량도 많아서 피곤하다, 과도하게 전시된 이 몸은 뭐며 스스로에게 도대체 만족할 줄 모르는 이 완고함, 늘 자기 자신으로 돌아오려는 이 끈질김, 이 작은 얼굴, 이 자세들이라니.(가령 이 무심한 포즈, 옆얼굴, 코르사주의 깊이 파인 깃에 닿을 듯 말 듯 올린 손가락 하나, 사진가를 향하는 고집스러운 시선, 특별할 것 없이 여하튼 끈덕지게 앙버티는 이 표정, 한마디로 천박함 — 그래서? 그래서, 혐오감이 들고 이 주제를 당장 떠나고 싶다.) 게다가 고개는 항상 기울이고, 시선은 남의 말을 듣는 법이 없으면서(나는 당신이 생각하는 그런 사람이 아니라고요) 또 동시에 애원한다(날 있는 그대로 받아들여요). 스스로의 진실을 쥐고 있다고 믿으며 오로지 스스로를 위조하기만 한다. 구스타프 야누흐*는 어느 날 사진에 관련해 카프카에게 이런 말을 했다. "그 장치는 말하자면 자동식의 '너 자신을 알라'이지요." 그런데 이 여자는 저 자신을 알려고 오는 게 아니다. 그녀는 스스로를 확인하고, 스스로를 반복하고, 자기 자신에 대한 무지 속에 영원히 부동의 상태로 멎기 위해 오는 것이다. 야누흐에게 카프카는 이렇게 대답한다. "당신은 아마도 '너 자신을 알지 말라!'인 거라 말하고 싶은 게지요, 초상 사진에서 하나같이 고개를 기울인 이 머리들, 이미지에 복종하는 이 얼굴들이 말예요." 그따위 복종의 저주는 버리자, 그런 식의 잔혹함과는 절연해야지. 나는 별로

* Gustav Janouch(1903~1968). 체코의 작가, 대중음악 작곡가. 카프카의 「꿈」을 체코어로 번역, 출간하는 한편(1929), 『카프카와의 대화』(1951/1968), 『프란츠 카프카와 그의 세계』(1965) 등을 썼다.

멀지 않은 위치에 진열된 다른 사진 컬렉션에 선망의 눈길을 보낸다. 차라리 저 로마의 풍경을 사고 싶다. 빛에 감싸여 어느 빌라의 그늘까지 이르는 무성한 나뭇잎들, 1880년에 당시의 방식대로 카본 인쇄된 사진, 저 고요함, 무심함, 의향의 부재를. 그러나 적응해야만 한다, 내가 찾는 건 저것이 아니다. 나는 다시 사진들을 쳐다본다. 자기 육체의 초상을 치르는 한 여인이 보인다.

포르루아얄 데샹 수녀원의 메르 앙젤리크 아르노*는 한 숭배자에게 다음과 같이 썼다. "저의 초상화를 소유하겠다는 당신의 헛된 욕망은 용서할 수 없습니다. 저는 주님 앞에서 당신에게 이렇게 말합니다. 사람들이 제 사진을 가져가도록 승낙하는 것은 주님의 말씀을 치명적으로 어기는 행위이리라고요. 그런 일을 승낙하다니, 그것이 욕망의 허영이요, 견디기 어려운 죄가 되리라는 점을 당신은 어째서 깨닫지 못하는 것입니까?"

이 피에르송이라는 사진가는 여자들을 잘 알고 통찰력

* 아버지이자 대귀족 앙투안 아르노에 의해 수녀원에 들어간 지 3년 만에 열한 살 나이로 포르루아얄 데샹 수녀원장이 된 자클린마리앙젤리크 아르노(Jacqueline-Marie-Angélique Arnauld, 1591~1661)는 흔히 '메르(원장 수녀) 앙젤리크'라는 호칭으로 불렸다. 그녀가 재임한 시기에 포르루아얄은 예수회에 맞서는 장세니슴의 본원지로 성장했다.

이 있었던 게 틀림없다. 필경 나름대로 샤르코* 같은 이였을 터다. 육체를 바라볼 줄 알았고, 그 분야에 정통했으니까. 포착하기 위해 굳이 건드릴 필요는 없으며 그저 약간 뒤로 물러서는 걸로 충분하다는 사실을 그는 안다. 또 장치의 개발도. 그의 장치는 이브 클랭이 자신의 인체 측정 스튜디오에서 고안한 것과 흡사하다. 클랭에게 필요한 것은 약간의 높이와 흰 장갑이다. 벌거벗은 모델이 몸에 경건하게 물감을 바른 후 바닥에 펼친 커다란 흰 종이에 조심스럽게 눕는다. 접이식 사다리에 올라선 화가는 그 위에서 아주 단호하고 분명하고 느리며 약간은 읊조림 같은 어조로 지시를 내린다. "자, 물감을 묻혀요, 그렇지, 배와 넓적다리에는 아주 둥글게, 그래요, 배에 (잠시 후), 가슴에 (잠시 후), 좋아요, 아주 좋아요, 이제 종이 표면 앞으로 나오고, 돌고, 몸을 잘 적용해서, 주의, 주의, 주의, 배, 배를 잘 대요, 옳지! 물러나요, 물러나요! 아, 이거야! 정말로 무척 아름답군요, 정말 아주, 아주 아름답습니다." 매주 그녀, 카스틸리오네는 자신을 바라볼 줄 아는 이를 찾아간다. 사진가는 자신의 장치들을 잘 조정하고, 아마 두 사람은 약간의 대화도 나눌 것이다. 아주 약간. 그들은 침묵하는 습관을 지켜야 된다, 작업에 임하는 중이니까. 매주 그녀는 표면 앞에 서서 돌고, 반대로 돌고, 자신을 적용하고, 물러난다. 그녀는 우의(寓意)적인 천장화(분

* Jean-Martin Charcot(1825~1893). 프랑스 신경의학의 선구자. 현대 신경학의 문을 열었을 뿐만 아니라 특히 히스테리에 대한 정신병리학적 연구로 프로이트에게 영감을 주었다.

홍빛 손가락을 가진 **새벽**과 제 전차에 오른 **태양**, 패배해 무기를 내려놓는 **밤**)가 그려진 넓은 고객용 응접실을 지났고, 그럼 그다음은 연대기 작가들 말로는 *온통 꽃줄 장식과 자운영뿐이요, 황금, 비단, 청동이 번쩍거린다는* 포즈실이다. 그 뒤편은 세면장이고, 다시 그 너머, 별도로 마련된 전용공간의 미로 같은 복도를 따라가면 캄캄한 현상실들이 나오는데, *그곳의 모든 것은 무덤처럼* 검다. 이 장소는 연극장의 지하실처럼 기계 설비가 갖춰져 있어, 보이지 않는 권한에 복종하는 유동 스크린들이 빛을 조절하거나 작업의 필요에 맞춰 빛살의 굴절을 수정한다. 스크린의 홈에서 온갖 색조를 띤 막들이 미끄러져 나와 채색된 하늘, 바닷속, 성관(城館)과 같은 사진의 배경을 구성하며, 거기에 부속 장식들, 가령 난간이나 벤치, 기둥, 철책, 바위, 화분, 그리고 참나무로 제작해 새김장식을 한, 의도에 따라 때로는 찬장으로 때로는 굴뚝으로, 피아노로, 기도대로, 책상으로 변형되는 가구가 첨가된다. 준비가 됐다. 이번 사진을 뭘로 찍을지 그녀는 오랫동안 구상했다. 어떤 장면으로 할까, 무슨 의상에 어떤 인물로 할까, 조명은 어떻게, 옆얼굴은 어느 쪽을 향할까, 그리고 다룰 스토리는, 그건 무수하고 변화무쌍한 삽입절들이 함께하는 그녀 자신의 이야기로서, 매번 갱신되고 재해석되는 전설이다. 어떤 날들에 중얼거려진 내면의 이야기, 또 다른 날들에 자아낸 유동적인 이야기, 하나의 노래다. 몽테스키우 백작은 그녀가 모습을 바꾸거나 소품을 가져오거나 의상을 걸치기 위해 다시 자기 집으로 출발하곤 한다고 이야기한다. 그녀가 촬영소에 부속된 작은 방 중 어느 하나에서 옷을 벗는 모습도 상상 가능하다. 그녀는 그 방에 의상들을 들인다. 이건 나중에 유디트 아니면 엘비라 아니면 고대 에트루리아의 여왕이 될 것, 이건 코 지역의 노르망디 여인(양모로 만든 빨간 드레스, 짙은 푸른빛의 앞치마, 그리고 기퓌르 레이스로 만든 높은 머리 장식 차림의 그녀는 작은 밀짚 의자에 꼿꼿하게 앉아서 뜨개질감을 들었는데, 말하자면 그 두꺼운 줄무늬 양말을 막 완성한 모양이고, 팔꿈치는 상체에 꼭 붙였지만 육중한 천으로 만든 속치마 아래로는 넓적다리를 벌려 다리를 단단히 고정했고, 발엔 끈 달린 작은 에나멜 구두를 신었다. 실꾸리는 바닥으로 굴렀다. 그녀의 얼굴에는 이상하고 바보 같은 미소가 어려 있다), 이건 18세기의 후작 부인, 이건 엄격한 카르멜회 수녀, 그녀는 르구베의 베아트릭스*이고, 익사하고 마는 정숙한 비르지니**이고, 〈돈나 엘비라〉의 요부이고, 그런가 하면 중국 여인 복장이고, 핀족 여인 차림이고, 이 장소들은 장례식장이고, 연회장이고, 무도회장의 출구다. 그녀가 무대 뒤에서 준비를 하는바, 커다란 체경 앞에서 소품과 보석 들을 이리저리 시험해보며 망설이는 그녀

* 극작가 에르네스트 르구베(Ernest Legouvé, 1807~1903)는 1860년에 5막의 희극 작품 『베아트릭스, 또는 예술의 마돈나(Béatrix, ou la Madone de l'art)』를 출간했다.

** 베르나르댕 드 생피에르(Bernardin de Saint-Pierre, 1737~1814)의 소설 『폴과 비르지니(Paul et Virginie)』(1788)에 등장하는 순수한 여주인공.

를 상상해야 한다. 촬영이 시작된다. 여느 때처럼 간단히 급조된 작은 무대 장면 위로 그녀가 등장하고, 촬영은 시작되고, 이번 것은 **여성**의 출현을 다룬 굵직한 레퍼토리다. 그녀는 흩어지는 동작과 감정 들을 집결해 하나의 이미지, 유일한 이미지를 만들어내고자, 단 하나의 순간 속에 이야기 전체를 구현해내고자 할 것이다. 그녀는 스스로를 현전하게 하고, 돌고, 반대로 돌고, 자신을 적용하고, 뒤로 물러난다. 주의, 주의! 자, 자! 같은 시기에, 저 유명하기 짝이 없는 로베르우댕*은 자신의 마술 기법 입문서에 여덟 번째 추천사를 쓰고 있었다. "까놓고 말해 공연 중 우리가 발언하는 내용이 온통 거짓말투성이라 하더라도, 우리는 맡은 역할의 정수가 우리 안으로 충분히 침투돼 자신이 하는 이야기의 현실성을 스스로 믿을 수 있도록 해야 한다." 그녀는 자기 안으로 침투하고 또 침투한다. 촬영이 끝나고 피에르송이 인화실에 지시를 내리는 동안에도 그녀는 약간은 여전한 상태다. 그녀는 더 이상 아무것도 생각하지 않는다. 마침내 내면의 연극이 느슨하게 풀어지고, 유령들은 청산된다. 그녀는 유리창으로 비가 떨어지는 것을, 유리 위에 생기는 불투명한 별 모양을 바라본다. 그녀는 그 자리에 있는다. 무기력하게, 거의 탈진한 상태로, 촬영소의 빛나는 큰 공허 안에서 마치 물속에 갇힌 것처럼, 백색 속으로 사라지면서, 실려 가면서, 삼켜지면

* Jean-Eugène Robert-Houdin(1805~1871). 시계 제조공이자 마술사. 하층민의 볼거리에 불과했던 마술을 부유한 계급이 극장에서 즐기는 고급 오락으로 격상시키는 데 큰 역할을 했다.

서, 잠시 침묵과 이미지들의 부재에 스스로를 의탁하며 꼼짝 않고 머문다.

2005년에 로니 혼*은 배우 이자벨 위페르의 사진을 찍었다. 화장이나 일체의 꾸밈이 없는 맨얼굴의 이 연작은 〈한 이미지의 초상(Portrait of an Image)〉이라 명명된다. 누군가가 내게 들려주길, 위페르는 자신이 맡았던 위대한 역할 중 한 인물, 가령 보바리 부인, 레이스 짜는 여자, 비올레트 노지에르 등의 정체성을 각각의 사진에 집약했다는 것이다.** 그런데 암만 몸을 숙이고 들여다봐도 우리에게 달리 보이는 건 없는걸, 오로지 각각의 사진에 잡힌 이 배우의 얼굴이 다일 뿐이다. 초췌한 이목구비에 창백한 안색을 띤 얼굴 하나. 시선이 딱딱하고 피부 결이 고르지 않은, 그래서 우리 생각에 자연스러운 얼굴, 보통의 여자, 평범하게 아름답고 모두와 다를 바 없이 추하며 장신구를 포기함으로써 우리에게 다음과 같은 진짜 작업을 보여주려 하는 얼굴. 즉 보바리 부인이 사람은 어깨까지 내려오는 챙 넓은 모자와 페티코트를 부

* Roni Horn(1955~). 미국 뉴욕 태생의 현대미술가, 작가.

** 이자벨 위페르(Isabelle Huppert, 1953~)는 파스칼 레네의 동명 소설을 바탕으로 한 클로드 고레타 감독의 〈레이스 짜는 여자(La Dentellière)〉(1977), 친부의 성 학대를 고발한 비올레트 노지에르의 실화에서 영감을 얻은 클로드 샤브롤 감독의 〈비올레트 노지에르(Violette Nozière)〉(1978), 역시 샤브롤 감독이 재현한 플로베르의 고전 〈보바리 부인(Madame Bovary)〉(1991)에서 각각의 여주인공 퐁므, 비올레트, 보바리 부인의 역할을 맡았다.

착한 드레스가 아니라 하나의 세부, 포착 불가능한 여기의 이 세부다, 다시 말해 아래로 처진 이 입꼬리, 그리고 눈꺼풀과 눈썹 사이의 잘 조절된 간격이다. 아무것도 보이지 않지, 하지만 바로 거기다, 그 같은 강렬함, 극미한 뉘앙스를 일구는 작업, 배우의 진정한 일이 있는 자리는. 그러나 우리는 다시 들여다본다. 아니다, 그게 아니다, 연작의 유일한 주제는 배우의 일이 아니다. 믿을 수 없도록 정교한, 연기의 그 보이지 않는 기계가 아니라, 유일한 주제는 바로 그녀다. 어떻게 그것 말고 다른 것이 될 수 있겠는가? 더구나 이 배우는 이런 말을 했는데. "사진을 찍을 때 우리는 자신이 누구인지 알고 싶고 스스로에게 최대한 근접하고 싶다는 생각이 들죠." 유일한 주제는 그냥 이 여성, 그녀의 적나라함, 자기 얼굴의 평범함에 대한 동의인 것이다. 어느 다른 여성의 시선 어딘가에 그녀는 자신의 추함의 특질들을 부려놓았다. 포르루아얄의 신학자들이 "참된 초상"이라 부른 것이 아마도 그것이리라.(표면상의 단순함 아래 과잉과 굴욕의 초상, 자기 자신의 진정한 초상, 형태 자체 안의 비형태가, 아마도.) 그 아름다움으로 널리 알려진 여인, 그녀, 이자벨 위페르, 그녀의 그토록 흰 피부와 가늘디가는 황갈색 입, 싸늘한 눈, 그리고 그 대담한 현전이 우리 앞에 감히 아무런 허식 없이 자신을 내보인다. 있는 그대로. 진짜 결심, 거의 용기라 할 수 있으리라. 그럼에도, 자기 재현에 고유한 수사학적 술책에 힘입어, 이 참된 초상은 그것 자체의 과도한 진정성 속에서 기교와 매혹의 절정을 이룬다. 그것은 정확히 제가 말하지 않는다고 주장하는 바를 공언한다. 그녀가(사진의 갖가지 눈속임을 광범위하게 활용할 능력이 있던 그녀가) 자신이 다른 이들, 다른 모든 여인들과 마찬가지였노라는 거짓 증언을 한다. 우리 모두가 감추고 싶어 하는 점을 전시하는 이상, 자신의 불완전함과 추함에 동의하는 이상 언제나 다른 이들의 위에 있는 그녀인데 말이다. 우린 그 점을 잘 알거니와 결코 잊어서도 안 되니, 거기 그 이미지들이 그 사실을 번연히 상기시키지 않는가. 나다르는 그래서 이런 말을 했다. 사진에서 포즈는 뇌의 병이다. 또다른 장면. 사진가의 이름은 버트 스턴, 모델은 메릴린 먼로다. 그는 그녀가 공간 속을 이리저리 돌게 한다. 여러 가지 포즈와 소품들을 제시하고 몇 가지 지시를 내린다. 그는 순수한 상태의 그녀, 벌거벗은 그녀를 원한다고 거듭 말한다. 같은 말을 또 한다. 심지어 그 말을 글로 쓰기까지 한다. 그는 철석같이 그걸 믿는다. 웬걸, 모델은 아주 쉽게 자신을 제공한다. 하지만 사진가는 그 일이 어려울 거라고 믿고 싶다. 결국 그는 앞서 자신이 꾸며낸 난항을 비틀고 만다. 그는 그녀를 술에 취하게 만들어 사진을 찍는다.

1861년경에 찍은 자신의 초상 사진 중 한 장의 아래쪽에 그녀는 시구 두 줄을 적어 넣는다. "그토록 아름다운 **고통**을 목격할 때, / 어느 누가 **행복**을 원할 수 있으랴?"

16호실. 갑자기 뭔가가 나타난다. 등 돌린 한 여자가 비스듬히, 만약 그런 게 존재한다면, 이미지의 뒤편을 향해 몸을 숙이고 있다. 그녀에게서 보이는 건 우리 쪽으로 젖힌 빛나는 망토뿐이다. 백조가 수놓인 흰 새틴 천이 날아갈 듯 호화로운 옷 더미가 흘러내리며 그 아래로 맨어깨가 보인다. 이 사진의 제목은 〈오페라에서의 무도회(Bal de l'Opéra)〉다. 카스틸리오네 백작 부인은 승리를 거머쥐었다 모든 걸 잃고 망명했고, 모욕과 기피를 견디고 난 후 되돌아와 이길 것이라 믿으나 새로운 패배의 가혹함을 겪는다. 이 무렵에 사진가의 촬영소는 그녀의 제국이 조용히 펼쳐지고 그 전설이 기록되는 믿지 못할 공간이 된다. 등 돌린 여인은 몇 가지 장식용 소품들(자잘한 꽃무늬로 꾸며진 징두리돌, 작은 원탁, 꽃다발 하나, 빛의 파편을 포착하는 손안경)이 불분명하게 보이는 이미지의 안쪽으로 몸을 수그렸으며, 그 안쪽으로부터, 마치 어둠 속에 걸린 것처럼, 그녀가 그렇듯 상반신을 굽혀 절하는 자세로 마주하고 선 커다란 거울 면이 두드러진다. 그녀는 우리를 등진 채 끈기 있게 자기 몸의 절단된 덩어리만을, 육중한 주름이 되어 떨어지는 물결무늬 천의 돔에 완전히 삼켜진 형태 없는 몸만을 제공한다.(머리는 어둠 속 깊숙이 사라지는 거울 쪽으로 뻗어 있다.) 그 돔에서 솟아오르는 건 완벽하게 주형된 어깨, 살의 순수한 둥글림과 과도한 빛 속의 밝은 선이다. 이 여인은 인내한다. 사진기가 천천히 잡아낼 것을 잡아낼 때까지 기다린다. 제 이미지의 어두운 저변, 거울이라는 낡고 더러운 물 속에서 그녀가 우리를 바라보니, 한 여인이 자기 자신의 이미지 밑바닥 쪽으로 몸을 굽히고 거울과 대물렌즈 양쪽에 스스로를 제공한다. 가장 오래된 은판사진들, 가령 오랭 지역의 문서고에 보관된 브롱 촬영소*에서의 인화물 같은 것을 보면, 그녀가 거울이라는 우회적 수단을 통해 우리 쪽으로 얼굴을 향한 흐릿한 반영을 약간의 세피아 색조로 확인할 수 있다. 어느 날, 1863년 경이라고 해두자, 그녀는 사진가의 촬영소에 들어왔고, 그들은 이 장면의 세부를 끈기 있게 조절했다. 촬영 시간이 얼마나 걸렸는지는 알 수 없다. 어떤 촬영들은 길었고, 때로 열 번, 열다섯 번도 다시 찍었으며, 의상에, 소품에, 한 차례의 진짜 리허설에, 구속이 많을 수밖에 없는 포즈에, 콜로디온 처리**를 한 유리판을 쓰는 인화는 또 어떤가, 그 작업은 한 번 사진을 찍을 때마다 즉시 실행해야 하므로, 한마디로 모든 것이 구성되고, 강제되며, 빈틈이 없다. 이 같은 이미지들, 그중에서도 특히 지금 이 사진은 싸움을 앞둔 육체의 오랜 준비 과정에 대해서만 말하고 있다. 자기 자신의 유혹이란 싸움을 향한, 미리 세심하게 계획된 몹시도 긴 호흡의 죽음에 임한 육체의 오랜 노출만을 말이다. 이 사진들에 비장한 요소라고는 없다. 섬광 같은 측면 또한 마찬가지다. 거기엔 종종 사람들이 사진에서 발견하는 특성들, 즉 즉각성의

* 사진가 아돌프 브롱(Adolphe Braun, 1812~1877)이 세운, 당시의 혁신적인 사진 회사.

** 1851년, 영국 조각가 프레더릭 아처가 처음 사용하기 시작한 콜로디온(에테르나 알코올에 용해시킨 질산섬유소)은 젖은 상태에서는 끈끈하나 신속히 건조되면서 유리판에 질기고 투명한 막을 형성한다. 감광성이 좋고 선명한 사진의 대량 복제를 가능하게 한다는 장점 때문에 고도의 기술을 요구함에도 불구하고 사진 제작에 널리 사용되었다.

예찬이라든가 비상, 난입, 비약, 또는 사진 속에서는 영속하지만 현실에서는 짧은 묵시에 불과했던 영웅적인 제스처가 전혀 존재하지 않는 것이다. 예를 들어 한 남자가 언덕 꼭대기에서 호된 채찍질을 받으며 몸을 일으키는, 무너지는 동시에 일어나는 일과 같은 것은 거기 없다. 어느 여인이 대물렌즈를 돌아보며 행복한 놀라움의 몸짓을 취하는 일, 시신들의 피라미드 위에 선 한 여인이 큰 동작으로 국기를 들어 올리는 일, 사형수가 그 자체로 이행의 신호인, 다시 말해 그가 이미 사체상(*transi*)이라는 걸 말해주는 신호인 저 침착한 집요함을 띠며 대물렌즈를 바라보는 일 따위는 일어나지 않는다. 반대로, 여기서는 모든 것이 부동이다. 모든 것이 지속 안에서, 저 자신을 전시하고 제 포즈 속에 지속하며, 그럼으로써 제 반영으로 응고되려는 육체의 영속 안에서 포착된다. 자기 자신을 바라보는 그녀를 바라보는 우리를 바라보며 이 여인은 관찰한다. 그녀는 포식자이자 스스로의 먹잇감이다, 백조이면서 레다다. 그녀는 붙잡히고 강탈당하기를, 그러나 단 한 사람, 자기 자신에 의해서만 그럴 수 있기를 고대한다. 이 여인의 눈에서 오비디우스가 『사랑의 기술(Ars Amatoria)』에 묘사한 바를, 떨림을, "그녀의 반짝이는 눈에서 마치 수면 위 햇빛의 반점처럼 흔들리는 빛"을 본 사람이 과연 있었을지는 확실치 않다.

모든 건 황량한 나머지로부터, 옷장과 작고 검은 응접실과 그곳에 딸린 물건들의 폐허에서 시작된다. 아파트, 그

너 말로는 축사. 캉봉로(路) 집단 가옥 지대의 낡고 기름때 낀 골목 귀퉁이, 그녀가 1899년 11월에 생을 마칠 때까지 머무른 '부아쟁' 식당 위층의 아파트는 칙칙한 그늘에 잠겨 있다. 로베르 드 몽테스키우 백작은 작은 계단을 통해 가볍게 그리로 올라간다. 이내 그는 여신 같은 카스틸리오네 부인이 생을 마감한 누옥에 다다르고, 마침내 평온해진 그녀가 하얗게, 그토록 창백한 낯빛으로 누워 쉬는 관에 다가간다. 한 친구는 그에게 이렇게 말했었다. "자네가 옳았네. 그녀의 육체적인 노쇠에서 멀찌감치 떨어져 있길 잘했어. 하지만 죽음이 방금 그녀의 용모에 예전의 평온함과 함께 대리석과 같은 아름다움을 되돌려준 오늘이라면, 자네도 분명 그녀를 볼 수 있고 또 봐야 하지." 이미 오래전부터 그는 그녀에게 소개받기를 원했지만 때는 1880년대였다. 이미 오래전부터 그녀는 남들의 시선 앞에 자신을 드러내는 걸 거부한 터였다. 그래서 그는 그녀가 방돔 광장에 거주하던 시절엔, 그때에도 벌써 그녀는 틀어박혀 거의 죽은 사람처럼 살며 "사는 일을 다시 시작하기에는 너무 늦었다, 이미 죽기 시작한 시간이니까"라고 말했어서, 그녀의 창 밑을 어슬렁거리며 안에 인기척이 있는지 몰래 살피고는, 어떤 길모퉁이, 머릿속을 떠나지 않는 생각이 자신을 이끌어가는 그 솔깃한 모퉁이에 관해 이렇게 언급한다. "방돔 광장 모퉁이의 늘 닫혀 있는 덧창 뒤로 한 여자가 사는즉, 그녀가 바로 그 이름이 미의 동의어가 된 여인이라는 사실을 알게 된 그날에 느낀 흥분을 난 결코 잊을 수 없을 것이다." 그녀가 죽은 지금, 그는 먹먹한 목소리들의 웅성거림 속에서 앞으로 나아간다. 곧 소개가 있게 될 것이다. 그는 이곳에 아무런 추억 없이 온다. 사람들이 그에게 길을 비켜준다. 드디어 그는 전적인 미의 원칙을 알게 되리라. 단, 현전은 공제한 채, 숨과 시선을 뺀 채. 그는 관 위로 몸을 굽힌다.

그는 무엇을 보았나? 무엇을 볼 수 있었을까? 그는 여인들에게서 "조각과도 같은 연골, 그린 듯한 눈썹, 입술의 굴곡"에 경탄하곤 했다. 죽은 이의 얼굴에서, 하다못해 손에 쥘 수도 없는 얼굴에서 무엇을 볼 수 있는가? "조심하려무나! 어머니는 당신이 사랑하던 이의 이마에 입 맞추기 위해 내가 몸을 숙이자 조용히 그렇게 말씀하셨다. 조심하려무나! 그분은 차갑단다. 어머니가 주의를 주셨음에도 나는 그 차가움이 어떤 것일지 전혀 예감하지 못하고 입술을 댔는데, 죽음의 그 차디참, 얼어붙은 얼굴의 딱딱함, 이목구비가 경직된 채 그 자리에서 사라져 당신 자신의 마스크 깊이 떨어진 아버지의 얼굴에 부딪치는 입술이라니. 현전하는 존재를 붙들려 하는데 그이가 달아날 때의 잡을 수 없음과는 달리, 아버지는 전에 없이 주어진 동시에(일찍이 내가 이보다 더 헌신적인 마음으로 아버지께 입맞춤을 한 적은 없었으리라) 영원히 거두어진 것이다. 불현듯 자신을 거절하는 여인 때문에 탄식하는 릴케의 시구가 떠오른다. '어느 밤 나는 두 손에 안았네 / 그대 얼굴을. 그것을 달이 비추었지. / 넘치는 눈물 아래 / 오, 만물 중 가장 잡을 수 없는 것이여. / 그저 앞에 놓인 유순한 물건과 다를 바 없이 / 잡기만 하면 될 사물처럼 평온한. / 그러나 내겐 없었네, 차가운 / 밤 속에서, 그보다 더 달아나는 존재는.'*" 아니다. 이것은 돌아서는 존재, 고통스럽게도 살아 있으며 바로 그처럼 살아 있기 때문에 도망치는 대상을 쫓는 격렬한 뜀박질이 아니다. 송두리째 제공되되 이후로는 접근이 불가능해진, 비굴하게 거두어져 따로 저곳, 죽음 속에 어리석게 안치된 한 얼굴, 그 얼굴을 향한 추격인 것이다.

온갖 사진들이 다 있다. 500장쯤 되려나, 알 수 없다. 유일하게 알려진 바는 동시대인들 가운데 자신의 사진을 이 여인보다 더 많이 찍은 사람은 없다는 사실. 1913년에 몽테스키우 백작은 그중 434장을 소유했다. 시대를 감안하면 거의 상상할 수도 없는 숫자다.(메이플소프가 찍은 리사 라이언의 사진**보다도 많고, 아마 신디 셔먼***이 찍은 셔먼 자신

* "Einmal nahm ich"로 시작되는 이 시는 릴케(Rainer Maria Rilke, 1875~1926)가 루돌프 카스너(Rudolf Kassner, 1873~1959)에게 헌정한 1916년의 시집 『밤에 부치는 시(Gedichte an die Nacht)』에 실렸다.

** 로버트 메이플소프(Robert Mapplethorpe, 1946~1989)는 최초의 여성 보디빌딩 세계 챔피언인 리사 라이언과의 협업을 통해 『"숙녀": 리사 라이언 사진집("Lady": photographs of Lisa Lyon)』(1983)을 펴냈다. 작품집에는 라이언의 강렬한 근육질의 몸을 포착한 100여 장의 흑백사진이 수록됐다.

*** Cindy Sherman(1954~). 미국의 사진작가. 잘 알려진 대로 분장한 자신의 모습을 끊임없이 변형시켜 찍는 셀프 포트레이트 기법을 활용해 창작했다.

의 사진보다도 많을 것이다.) 백작은 나다르가 그의 식대로 포착하고자 했던 바, 이 "만질 수 없으며 포착하자마자 거울의 수정유리 위에 아무런 그림자도 남기지 않고 자취를 감추는 유령, 못물의 소스라침"을, 프루스트 또한 찾게 될 그것, 문학이 집요하게 모색하는 그것을 간직하려 한 게 틀림없다.

가장 닮은 초상. 아마도 그것은 어떤 작가가 포즈 촬영 중에 흰 종이에 옮겨 적은 이 서툰 필적, 일정치 않은 형태로 비틀거려 판독하기 힘든 열 줄 남짓한 문장이리라. 페이지 아래쪽엔 다음의 설명이 달렸다. "사진가는 이렇게 말했다. '선생님을 서재에서 찍으려 합니다. 뭐든 막 적으세요.' 1979년 5월 9일." 살짝 후회하는 듯한 태도, 활기 없는 시선과 옹색한 웃음, 우리가 자주 사진에서 확인하는 그 모습으로 롤랑 바르트는, 그러니까 문제 된 사람은 바로 그다, 저자의 포즈를 취했다. 자신의 책상 앞에 앉아 손에 만년필을 쥐고 상대방의 시선 아래서 뭔가 쓰는 척, 아무거나 일련의 글자들을, 몇 줄의 글을, 위장된 글쓰기를 끼적거리기. 그야말로 억지로 자기 자신의 캐리커처를 따르게 된 작가의 초상이다. 그리고 어쩌면 이것은 사진 그 자체의 초상이기도 할 것이다. 그가 이렇게 촬영된 사진들을 보관했는지 여부는 알 수 없다. 다만, 그는 그 갈겨쓴 글씨는 간직했다. 이 비밀스럽고도 강요된 자기 투사는 잊힌 문서들 속 흰 종이 면 위에 남고, 한 장의 사진을 두듯 별도로 보관된다. 사진가들이 늘 "자신의 분위기를 놓쳤"으며, 따라서 남는 건 오로지 그 자신의 정체성일 뿐 그의 가치는 아닐 것이라 말한 그이니만큼, 스스로 자기 자신이라 여긴 바의 얼마간을 보호하는 임무를 그 수수께끼 같은 몇 줄에 맡긴 것이리라. 아주 정확하게 말하자면, 날짜가 확인해주듯 이 무렵의 그는 사진에 관한 책『밝은 방(La Chambre claire)』의 초안을 쓰고 있다. 그리고 그날 잠시 자신의 작업을 접고 사진가를 맞았다. 추정하자면 그는 그 책 중간의, 이런 단어들로 시작하는 수고(手稿)를 막 마쳤을 것이다. "어머니가 돌아가신 지 얼마 되지 않은 어느 11월 저녁 [···]" 이후로 텅 빈 아파트 안을 서성이다, 서랍을 열고 잊혔던 몇 장의 사진을 들여다본다고 그는 이야기한다. 영원히 사라진 사랑하는 이의 얼굴을 찾으려는 헛된 노력에 대해서도 이야기한다. 그는 알아봄이 주는 눈부심을 통해 비통함을 끝내고 그것을 고갈시키고 싶다고, 황홀을 발견하고 싶다고 말하는데, 하지만 황홀이란 무엇인가? 하나의 공백인가, 배출인가, 아니면 어떤 단어인가?(그것은 그의 몸 안에 있는가, 몸 밖에 있는가? 우리는 모른다.) 그런데 갑자기, 그 황홀이 온다. 그것은 자기 어머니의 어릴 적 사진, 어머니가 태어난 집의 온실에서 찍은 판지를 댔고 모서리가 쪼글쪼글한, 바랜 세피아 색깔의 아주 오래된 사진인데, 그게 바로 그녀다. 어머니는 천장이 유리로 된 온실 속의 작은 나무다리 끝에서, 아이들이 흔히 그러듯이 어색한 동작으로 두 손을 모아 한 손가락을 다른 손으로 쥐고 있고, 그게 바로 그녀다, 어머니가 여기 있다. 환히 빛나는 나타남 속에서 이미지는 추억만큼이나 만질 수 있으며(tangible), 일순간 모든 것이 조화를 이룬다. 재회의 섬광 같은 단축과 더불어 자신 안에서 모든 것이 동시에 발생한다. 음각으로 새겨지는 격동, 다시 말해 흐느낌의 각인.

그녀는 옛 지기인 한 공증인에게 몇 장에 달하는 면밀한 지시를 남기고 거기에 「종교, 복식, 입관」이라는 제목을 단다. 물론 그 유언은 지켜지지 않을 것이다. 그녀는 오래된 옷가지와 귀한 보석을 무더기로 남기고, 각종 욕망을 남긴다. 아직도 얼마간의 욕망이라니, 예를 들어 이런 것들. 관에는 그녀의 박제된 개 두 마리, 상두야와 카지노를 같이 넣어야 한다, 개들의 각 발 밑마다 동전을 한 닢씩 두고 성드니의 횡와상에 해놓은 것처럼 쿠션을 받친다. “내 귀염둥이들에게 나의 이니셜과 그 애들의 이름이 새겨진 검정, 하양, 보라색의 멋진 겨울옷을 입히고, 분홍색 꽃과 실편백으로 만든 목걸이를 걸어줄 것”이라고 그녀는 쓴다. 또 필요한 것으로는 “지금부터 내가 도안하고 마련할” 작은 베개 등속이 있다. 욕망이야 관 속에 기꺼이 넣어줄 수 있다, 처치 곤란인데 잘됐네. 하지만 돈이 많이 드는 실천과 보석들은, 또는 그녀 스스로 고른 이 마지막 몸치장의 경우, 그러니까 “1857년 콩피에뉴산의 레이스 달린 흰 삼베 잠옷, 검은 줄무늬 벨벳과 흰 플러시 천으로 만든 긴 가운, 목에 착용할, 여섯 줄은 흰색이고 세 줄은 검은색인 아홉 줄짜리 소녀풍 진주 목걸이, 또 내가 평소에 늘 착용했으며 의상 담당인들은 다 아는, 이니셜과 왕관이 새겨진 동전에 구멍을 뚫고 수정 잠금 고리를 달아 만든 목걸이, 그리고 늘어뜨린 맨팔에 착용할, 다른 곳에 둔 장신구 두 벌, 즉 가운데에 오닉스 구슬이 박힌 팔찌와 별 및 브릴리언트로 장식된 검은 에나멜 팔찌" 모두에는 더 나은 용도가 있었다. 이 소소한 재산을 부인과 함께 매장할 생각을 한 사람은 아무도 없었다. 그것들 전부는 1901년 6월에 드루오 경매장에서 다시 발견되었다.

로베르 드 몽테스키우가 가장 중요한 작품들을 사들인다. 그는 그것들을 분류해 일부를 자신의 '뮤즈관'에 전시한다. 다른 것들은 커다란 공책에 붙이고 이름을 부여한다. 가장 아름다운 작품들 중 하나인 1856년의 사진이 그 한 예로, 그는 그것에 〈시선(Le Regard)〉이라는 제목을 붙인다. 사진에서 그녀는 약간 아래쪽에 앉아 우리 쪽으로 몸을 기울이고 주의 깊게, 거의 명상하는 태도를 보이고 있다. 마치 자신을 바라보는 이에게 다정하게 묻는 듯하다. 그런데 그 부드러움 밑에서 나는 내 친구 한 명의 사진에서와 동일한, 사나우면서도 애원하는 눈빛을 다시 발견한다. 친구의 사진은 그녀의 연인이 찍은 것이었다. 친구는 모델, 그는 전문 사진작가였다. 내가 늦게까지 친구의 집에 머무르게 된 날, 그녀는 자신의 사진들을 꺼냈다. 그러면서 계속 그 에피소드, 마지막 촬영 장면 얘기로 돌아왔다. "난 그 사람을 바라봐. 그러면서 이런 생각을 하지, 난 이 사람과 헤어질 거야. 하지만 그는 그 사실을 아직 모르고 말이야. 내가 그이를 떠날 거라는 게 내 눈에서 잘 드러나지 않니? 사람들이 찍은 내 사진들 중 이게 제일 아름다운 거야." 몇 해 후, 내가 같이 살던 남자와 헤어지려던 무렵에 난 그에게 사진을 찍어달라고 했다. 대물렌즈 앞에서 나는 마음속으로 내 친구의 이미지와 닮고자 했다. 애원하는 시선, 그리고 한 줄기의 사나운 눈빛, 진실을 말하기 위한 최후의 트릭을. 내 얼굴을 봐요, 내 이름은 마이트 해브 빈이랍니다, 나는 또 노 모어, 투 레이트, 페어웰이라고도 불리죠. 이것은 단테이 게이브리얼 로세티의 시구로, 에드가르 오베르라는 한 미남 청년이 마르셀 프루스트가 간절히 요구한 자신의 초상 사진 뒷장에 옮겨 적은 내용이기도 하다.* 내가 찍은 당신 사진 중에서 이게 제일 멋질 거야. 내가 헤어지려는, 하지만 아직 그 사실을 모르는 남자는 내게 그렇게 말했다. 그리고 어느 날 저녁, 나는 퐁토드메르 호텔의 머리맡 탁자 서랍에서 누군가가 깜빡 두고 간 책 한 권을 발견했다. 내가 단숨에 읽은 그 책은 애거사 크리스티의 『맥긴티 부인의 죽음(Mrs. McGinty's Dead)』이었는데, "사람들은 왜 사진을 보관하는 걸까요? 허영심이나 감상, 사랑이 그 이유는 아닐 테고, 아마도 증오심 때문이겠지요……. 당신은 어떻게 생각하세요?"

* 프루스트는 즐겨 사진을 수집했다. 스물두 살 때 그는 에드가르 오베르라는 미남 청년에게 반해 그에게 초상 사진을 요청했고, 오베르는 헌사 삼아 영국의 전라파엘파 화가인 단테이 게이브리얼 로세티(Dante Gabriel Rossetti, 1828~1882)의 소네트 「사산된 사랑(Stillborn Love)」 중 한 구절(본문의 인용문)을 자신의 사진 뒷장에 적어주었다. 마치 그것이 불길한 예언인 듯, 오베르는 몇 주 뒤 급성 맹장염으로 사망했다.

때로 우린 앨범을 들여다봤다. 지나치게 긴 사연의 뒤끝처럼 빰이 달아오르는 이 무언의 이야기에 물리지 않았다면, 앨범을 덮고 난 후 사진들이 뒤죽박죽 들어 있는 커다란 봉투도 열어봤다. 그리고 우리가 몰랐던 얼굴들, 아무것도 말해주는 바 없는 장소들, 하도 평범해서 해독할 수 없는 장면들을 지치지도 않고 다시 발견했다. 언제 봐도 어김없이 경악스러웠던 건 찢긴 사진들이다. 그것들에는 단 한 사람, 곧 나의 외할머니 아니면 어린 시절의 내 엄마만 홀로 남았다. 우리는 문장 한중간에서 읽던 이야기가 끊길 때 유발되는 것과 마찬가지의 짜증을 느끼며 찢겨나간 종이의 흰 부분을 유심히 살폈다. 거기서 빠진 사람, 분노했거나 용의주도한 손놀림에 의해 사진에서 제거돼야 했던 이는 늘 어떤 남자였다.

엄마는 종종 외할머니의 냉정함에 대해 이야기했다. 어린아이였던 엄마가 느낀 두려움에 외할머니가 보인 무관심, 그녀의 교태와 절대적 지배력에 관해서. 엄마는 뒤도 돌아보지 않고 나가버린 여인 때문에 작은 손수건으로 눈물을 훔치며 혼자 보낸 여덟 살 또는 열 살 무렵의 긴 저녁들에 대해 이야기했다. 축축하게 접힌 손수건은 그 여인이 돌아오면 주려고 다음 날까지 간직했다. 엄마는 외할머니가 현관 앞의 작은 원탁이나 베개 위에 남겨둔 쪽지들을 낡은 가죽이 발린 상자에 보관했다. 접힌 채 그대로 눈물이 말라붙은 손수건도 그 속에 함께 두었다. 엄마는 비통이나 모욕, 협박, 배신에 얽힌 추억들을 이야기했다. 그 이야기 속엔 불만 많은 한 주부의 일상적인 잔인함 말고는 아무것도 들어 있지 않았다고 할 수 있으리라.(집안에서 그런 일로 고통받을 필요가 없는 사람들은 대개 남자들이었는데, 그들은 외할머니에 대해 "실없는 장난을 잘 치는 사람"이라고 말하곤 했다.) 그게 다였다.

그 주변 사람들 말에 따르면 "권위적이면서 유혹녀"인 C와 함께 점심을 먹었다. 아무래도 난 경계심을 품고 내내 그녀에게 소원하게 굴었을 것이다. 그런데, 마요네즈를 곁들인 달걀을 먹고 나자 이유는 알 수 없지만 그녀가 상냥한 표정으로 날 바라본다. 어조도 거의 부드러워지고 내게 미소를 보내기까지 한다. 그러자, 불현듯, 아픈 감정이 목을 죈다. 나는 거의 제정신이라 할 수 없을 기쁨에 빠진다, 이 난폭한 압박에 내 몸 전체가 고통을 겪는다. 불과 한순간에 그친 일이었지만, 그래도 그 한순간에 나는 행복감으로 진이 다 빠진다. 뭐라고? 무슨 행복감? 증오심을 누그러뜨리는 행복감? 파괴를 모면하고 썩 괜찮은 방법으로 거기서 빠져나오는 행복감? 못된 여자에게 조종당하는 행복감? 아니면 한 여자의 인정을 받는 행복감인가?

다시 시도해보자. 다시 해보자. 하나의 이야기를 들려준다는 일이 그렇게 어려운가? 시작을 통해 시작하는 것, 시작을 통해 끝내는 것은? 오로지 세부들과 사소한 사건들로 채우는 것은. 사건들 위로 날면서 그것들을 일별하듯 가리켜 보이는 것은. 도시 위로 솟아오른 기구를 탄 나다르가 그

랬듯 모든 걸 한 번에 포착하되, 다만 멀리서. 그러면 이런 식이 되리라.

토리노에서. 그녀는 17세의 새 신부였다. 사람들이 그녀를 초대해 아이스크림과 사탕을 대접하고 머리를 풀어 달라 요청한다. 여왕이 그녀의 머리를 오래오래 빗겨준다. 또는,

그녀의 어머니는 그녀에게 입 맞추며 이렇게 외쳤다. "내가 걸작을 낳았구나!" — 아니면,

태어날 때의 이름은 비르지니아 올도이니, 1837년 3월 22일 피렌체생. 사람들은 그녀를 비르지니키아, 니키아, "달링 뷰티"라고 부른다. 그녀는 1854년 1월 9일에 카스틸리오네 백작 부인이 된다. 16세 때 일,

그녀는 프랑스어로 일기를 쓴다. 자신이 주고받은 입맞춤과 포옹에 대해 말할 땐 암호를 사용한다. 그녀는 안기면서도 결코 자기 자신을 잊어본 적이 없다,

그녀의 데뷔는 환상적이다. 숨이 끊어질 정도의 찬사가 그녀의 미모를 에워싸는바, 어떻게 이런 아름다움이 가능하담? 온갖 초대와 남자들의 시선,

피렌체에서의 그녀는 13세 때부터 퍼걸러* 형태의 의상실과 농장 마차를 자기 것으로 소유했다고 전해진다,

끊임없이 계속되는 꾸밈 노동, 시선을 위한 이 모든 노고, 오후의 탈진. 야회용 몸차림을 어떻게 할지 상상하기 위해, 입장을 준비하기 위해 얼마나 많은 오후가 흘러갔는지. 또한,

그녀는 1852년부터 왕실 최고 고문으로 재임한 카보우르 백작**의 먼 친척이며, 피에몬테*** 왕에게도 소개된다. 혹은 더 나은 예화로,

다른 모든 여성들과 마찬가지로 그녀 역시 원죄에의 오염 없이 성령으로 빚어진 성모마리아의 무염시태, 곧 성령의 순수 창조를 선포한 1854년 12월 8일 자 회칙「이

* 나무 기둥으로 지붕을 엮고 등나무나 담쟁이 등의 덩굴을 얹은 서양식 정자.

** Camillo Benso Conte di Cavour(1810~1861). 토리노 출생의 정치가. 주세페 가리발디, 주세페 마치니와 함께 이탈리아 통일의 3대 주역 중 한 사람.

*** 토리노를 주도로 삼는 피에몬테주는 오랫동안 (프랑스 혈통인) 사보이아 가문의 지배를 받았고, 역사적으로 사보이 공국을 거쳐 사르데냐-피에몬테 왕국(1720~1861)으로 자라났다. 이 왕국은 통일 이탈리아의 전신이 되는 국가다.

네파빌리스 데우스(Ineffabilis Deus)」*의 여파 아래 놓이며, 그로부터 좀처럼 헤어나지 못한다,

보석들, 남자들, 권력. 미처 원할 틈도 없이 그녀의 수중에 들어온 것들. 그녀도 그것들을 원한다,

어린 시절의 그녀는 완고하고 변덕스러웠다. 비탄으로 가득 찬 이 밉살스러운 인형을 우린 쉽게 상상할 수 있으니, 그녀 앞에선 모든 것이 굴복해야 했는데 그러고 나면 그녀의 실망은 더욱 커졌다. 그녀가 탑을 소유하기 위해 막무가내로 고집부린 건 그런 그녀의 징후를 절대적으로 드러내 보여주는 행동이었다 할 수 있으리라. 이 부분을 좀 더 상술해보자,

이 탑, 다시 말해 그녀 문중의 소유지인 라스페치아 강가의 방파제 끝에 있는 둥근 건물을 어떤 이들은 이렇게 부른다. 바다 위에 위치한 꿈의 울안. 또 다른 이들은 이렇게 이른다. 미치광이의 공간, 그곳의 돌에 대고 감정을 투척하면 그 감정은 더더욱 단단해져서 당신의 가슴 한복판으로 되돌아온다고. 요컨대, 기를 쓰고 그걸, 그

* 「형언 불가하신 주님」. 1830년 7월 18일, 파리의 카리타스 수녀원에서 이루어진 성모 발현을 토대로 교황 비오 9세가 공식 반포한 회칙. 성모의 무염시태를 정식으로 믿어야 할 교리로 지정했다.

탑을 원한다는 건데, 이는 완벽의 시야계를 소유하려 하는 것과 같은 일로서, 아니 그 물건은 당연히 네 것이야, 애야, 그건 네 것이라고, 아뇨, 충분히 그렇지는 않아요, 공증된 문서가 필요해요, 서명이 필요해요, 달착지근한 가짜 언질 말고요. 해서 그들은 공증인을 만나러 갔고 그녀는 그 탑을 손에 넣었다. 그리고 그와 어울리는 천하의 아름다움을, 하늘이 주는 지배와 고통을, 그 경악을, 미친 듯한 고독을 손에 넣었다,

좀 더 나중에 그녀는 자신의 사후 요망 사항 목록을 잉크가 번진 종이 한 장에 요약한다. "고로, 1. 십자가 없이 2. 사제 없이 3. 교회 없이 4. 종교의식 없이 5. 꽃 없이 6. 전시 없이 7. 밤샘 없이 8. 의사 없이 9. 판사 없이 10. 감사 없이 11. 영사 없이 12. 대사 없이 13. 특사 없이 14. 사례금 없이 15. 상속인 없이 16. 동반인 없이 17. 장례식 없이 18. 부고 없이 19. 안내 자료 없이 20. 신문 기사 없이",

여기서 잠깐, 1856년 봄 프랑스의 풍습을 이야기할 필요가 있겠다. 무도회, 리셉션, 디너파티 등등, 콩피에뉴 지방이 첫 시즌을 개시하면 10월과 11월에는 무도회들이, 1월에는 튈르리궁에서 대무도회가, 이어 오페라에서 가면무도회가 열리고, 3월 말엽에는 새 패션이 쇼핑 시장에 풀리고, 그다음에는 물놀이가 있고, 따라서 이

모든 일정은 한가함과는 거리가 멀다. 반대로 엄청 고된 일거리인 것이다,

전도를 정치적인 생에서 찾으려는 욕망, 그리고 높은 지능. 그로부터 자신이 나폴레옹 3세와 동침한 이상 황제와 이탈리아적 통일을 이룬 것이라는 그녀의 믿음이 [illegible]을 것이다,

그녀는 모든 것을 무자비하게, 그러나 열기라고는 없이 원한다,

그녀는 [illegible]사로운 계책과 매정함을 발휘했는데, 가령 이 왕의 승계 요구자를 품에 안고 “진정하세요, 진정하세요”라고 다독이는 종류의 행동,

1856년에 그녀는 빅토르 위고가 이렇게 묘사한 이곳, 파리에 당도한다. “빵, 서커스, 축제, 경마장, 불꽃놀이, 장식조명, 테데움, 퍼레이드, 황실 간이 무대에서 제공하는 무료의 대규모 스펙터클”,

그녀가 파리에 당도하는 봄의 첫날, 나다르는 경항공기를 타고 개선문 위로 날아오른다. 그것이 최초로 공중에서 내려다본 도시의 사진이다. 아마도 그녀는 땅에 묻힌 길들 중 어딘가에, 방돔 광장 주변으로 집들이 단위 지

어 연쇄되는 조망 속 어디쯤에 있을 것이다. 이 사진의 가장자리를 차지한 돌들의 안개 속에 그녀는 있음 직하리라,

그렇다, 그녀는 여기에 있다. 자신의 규방에 틀어박혀 소파에 누웠다가, 이 옷을 입어보다, 다른 것을 입어보다, 또 다른 것을 걸쳐보다, 그러는 중에 기구는 도시 위로 비상하고, 그녀는 아래쪽에서 저 자신의 미모 안에 감금돼 있으며, 1년 후에는 『보바리 부인』이 재판에 회부된다, 『악의 꽃』이 재판에 회부된다,*

어느 날 밤, 그녀는 미술 총감 니외베르케르크와 루브르궁의 드넓은 옥상으로 나들이를 간다.** "오르세요, 오

* 플로베르의 『보바리 부인』과 보들레르의 『악의 꽃(Les Fleurs du Mal)』은 모두 1857년에 나왔다. 프랑스 문학의 '현대'는 이해의 이 두 작품을 기점으로 삼는다. 종교 모독과 풍속 침해를 이유로 소송이 걸린 두 작품에서 『보바리 부인』은 무죄판결을 받으나 『악의 꽃』은 출판 금지와 벌금형을 당한다.

** 에밀리앵 드 니외베르케르크(Alfred Émilien de Nieuwerkerke) 백작은 네덜란드 혈통의 프랑스 조각가이자 나폴레옹 3세 치하 루브르궁의 미술 담당 총감. 루브르궁은 1672년, 루이 14세가 베르사유궁으로 거처를 옮기면서 왕실의 수집품을 보관, 전시하는 장소로 쓰이게 됐으며, 대혁명기와 나폴레옹의 집권을 거치며 (교회와 귀족으로부터 징발한 작품에서 각종 기증품과 선물, 전쟁 약탈품에 이르기까지) 국가가 소유한 걸작들을 전시하는 박물관(Musée du Louvre)으로 규모가 확대되었다. 나폴레옹 3세의

르십시오. 제가 부인 뒤를 따르고 있습니다." 그녀는 코니스*를 이리저리 거닐고 박공 위를 걷는다. "준비가 되셨습니까? 더 오르세요",

유능하고 섬세하며 세련되고 주의력 깊은 정신병 전문의 블랑슈 박사**까지도 이런 일에 착수한다. "토요일 파시에서 열릴 야회에 구노가 올 겁니다. 제가 그에게 부인을 뵐 행복을 맛보게 될 거라고 약속했답니다. 저로 하여금 그 약속을 지킬 수 있도록 해주시겠습니까? 저는 그를 위해, 저를 위해, 또 부인을 찬미할 수 있다는 사실을 큰 행운으로 여길 저의 모든 친구들을 위해 부인께 깊은 감사를 드리게 될 것입니다",

이즈음과 관련해 전해지는 일화 한 편. 자기 자신의 성기 때문에 미치게 된 여성들을 진정시키기 위해 샤르코는 "난소용 컴프레서"를 발명한다. 좀 더 후에, 한 남자

통치기인 제2제정 때 이곳에 새로 들어온 소장품의 양은 2만여 점에 달했다.

* 고전 건축에서 벽기둥의 머리가 받치는 세 부분 중 최상단 돌출부. 코니스 아래는 프리즈, 다시 그 아래는 아키트레이브로 구성된다.

** Jacques-Émile Blanche(1820~1893). 프랑스의 정신병 전문의. 저명한 의사이면서 사교계 인물이기도 했던 그의 살롱에는 증세가 심하지 않은 그의 환자들, 각계 유명 인사들, 보들레르, 들라크루아, 베를리오즈 등의 문학예술인들이 드나들었다.

가 그녀에게 편지를 보낸다. "아시겠지만, 부인이 저를 어리석고 바보 같고 멍청하다고 부르셔도 좋습니다. 다만 저는, 우리가 서로 멀리 떨어져 있을 때, 부인이 그 사실에 다정한 말 한마디를 덧붙여주시기를 바라는 바입니다",

그래서 그녀는 몸소 그 사람에게 이렇듯 편지를 보낸다. 혹은 다른 이에게 쓴 것일 수도 있지만. "제가 늘 당신의 애정 어린 숭배 속에 머무를 수 있도록 주님께 기도합니다. 당신을 향한 저의 호의를 믿어주세요",

그녀는 그들을 사랑하는 것 외에 별달리 할 수 있는 일이 없어서, 자신의 증오 앞에 속수무책인 그들을 그런 채로 사랑할 수밖에 없어서, 그리고 일순간, 그 찰나의 방기에 그녀 본연의 모습대로 보일 수밖에 없어서 그들을 증오한다. 잊지 말 점. 그들에게 예외 없이 그 값을 치르게 할 것,

여기에는 심지어 아이, 어린 소년, 그녀가 여자아이처럼 옷을 입히는 이 조르조마저도 포함된다. 그녀 자신의 한복판에 버려진 어린애, 그녀가 찍는 사진의 이상적인 어린 단역, 말 없고 고분고분한 꼬마. 땅에 끌리는 옷, 소품을 들고 긴 머리에 꽃과 보석을 단 가녀린 몸, 제 어머니의 커다란 존재감에 매몰된 아이의 생,

더 시간이 흐르고 나면 남는 건 그저 약간의 마른 분가루, 벽걸이형 꽃병들, 장신구 보관용 트레이들, 책받침들, 배불뚝이 화병들, 자단으로 제작된 가구들, 가장자리를 빗각으로 재단한 거울들, 촛대들, 시편집들, 창가용 화분들과 구리 항아리들, 잔들, 목이 가는 물병들일 뿐이리라,

몇 편의 이야기도 남으리라. 예를 들어 콩피에뉴에서 열리는 일련의 무도회 초대. 즉 파산할 준비, 라는 게 사람들 말이었는데, 한 공작 부인의 원성은 이랬다. "콩피에뉴에 초대되었어요. 방앗간 하나를 팔아야 한다고요!" 호화롭게 불 밝힌 커다란 회랑에 차려진 100인분의 저녁 식사, 하늘색 연미복에 강철 단추를 달고 허리에 검을 찬 차림으로 무리 지은 저택 주인들, 분을 칠하고 프랑스식으로 솔기 사방에 금빛 술을 두른 제복을 입은 하인들, 그렇게 호사와 유혹과 온갖 여흥, 피에르퐁으로의 산책, 가을의 긴 오후들이 이어지고, 메리메*는 바사노 공작 부인과 체스를 두고, 좀 더 떨어진 곳에서 클로드 베르나르**는 카드점을 치며, 귀스타브 플로베르는 불 옆에서 편지를 쓴다. "이곳에서 힘든 일로는 복장을

* Prosper Mérimée(1803~1870). 프랑스의 소설가, 역사가.

** Claude Bernard(1813~1878). 프랑스 생리학자. 현대 실험생리학의 창시자. 가장 위대한 과학자 중 한 사람으로 여겨지기도 한다.

갈아입어야 한다는 것과 반드시 시간을 지켜야 한다는 점을 들 수 있네",

아, 또한 그녀의 목소리를, 19세기의 목소리들을 재구성하는 일도 필요할 테다, 달아나 사라지는 모든 것을 붙들어야 할 테다. 빌리에 드릴라당*은 탄식한다. "오호라, 우리는 과거의 소리들을 채록할 수 없었으니, 마땅히 포착할 기구가 없어 영원히 무 속으로 떨어져버린 신비한 그 소리들을 우리 선조들은 얼마나 많이 들었을 것인가? [⋯] 로마제국이 무너지는 소리들은 어디로 갔나, 달리는 소리들, 웅변적인 침묵들, 축음기가 판으로 뜰 수 없었던 그 모든 것들은 [⋯]" 그래서 그 대신 증언들을 모아야 할 테다. 알프레드 델보**는 나다르가 날카로운 음성을 지녔다고 말하고, 자크에밀 블랑슈는 카스틸리오네가 약간 쉰 듯한, 허스키하고 차가운 명령조의 목소리를 가졌다고 회상한다. 단눈치오는 백작 부인에 대해 이런 말을 남긴다. "그녀의 음색을 알 수만 있다면 나는 지나치게 수도 많고 종류도 다양한 그녀의 초상 사진 대부분을 내놓을 것이다",

동시에 일어난 일들을 잊지 말 것. 그녀가 1857년 5월

* Auguste Villiers de l'Isle-Adam(1838~1889). 프랑스의 상징주의 작가.

** Alfred Delvau(1825~1867). 프랑스의 언론인.

에 열리는 *** 무도회를 위해 몸단장을 할 무렵에 〈아르티스트(Artiste)〉의 독자들은 샤를 보들레르의 「저 자신의 사형집행인(Héautontimorouménos)」을 읽는다. “그녀는 내 음성 안에 있네, 이 쇳소리의 잔소리꾼은! / 이 검은 독이 내 온 피니! / 나는 음산한 거울 / 그 속에서 메가이라*는 제 모습을 보네!”,

지상낙원, 다시 말해 라스페치아의 그녀 고향집에 대한 묘사를 삽입할 것. 1880년대 한 관광객이 들려준 다음의 이야기를 다시 가져올 것. 바다 위로 두드러져 보이는 언덕 중턱의 빌라들, 미모사로 꾸며진 테라스, 실편백 숲, 장미꽃 길, 포도밭, 포도 넝쿨을 인 정자들이 있는 길, 계단 낸 경사면으로는 올리브나무, 무화과나무, 밤나무 들, 그리고 환한 만 전체가 한눈에 들어온다.(그것들 대신 그녀는 어두컴컴한 중이층에서 생을 마쳤다.) 간단히 그녀가 사망한 날짜만 밝힐 것. 1899년 11월 28일. 임종의 순간에 그녀는 해독할 수 없는 생애 최후의 말을 중얼거렸을까? 어떤 경구나 서원, 저주, 사랑한 남자의 이름, 혹은 개의 이름을? 알 수 없다. 거기까지 이르는 그 사이에,

그녀는 끊임없이 자기 반영의 주위를 맴돌았을 것이다.

* 그리스 신화에서 세 복수의 여신 중 하나. ‘질투하는 여자’라는 뜻의 이름이다. 나머지 둘은 ‘티시포네’와 ‘알렉토’.

몇 달간 이어지는 축제와 쾌락, 아름다움과 권력이 주는 도취, 무엇보다도 타인에게 바라보인다는 그 마르지 않고 변하지 않는 향락의 주위를 말이다,

아직 게르망트 공작 부인이 되기 전의 그레퓔 백작 부인*이 썼듯이, "향락 가운데 자신이 모든 시선의 대상이라는 사실을 아는 여인이 누리는 향락에 견줄 만한 것은 없으리라 생각된다. 생명, 기쁨, 자신감, 도취, 아량, 지배력, 자기에게 주어지는 동시에 자기 스스로는 개의치 않게 되는 절대적인 힘, 이런 것들이 다 함께 넘치도록 복잡하게 얽힌 감정. 이런 거대한 익명의 애무를 경험하고 맛보다 그것을 더는 촉발할 수 없게 될 때, 과연 어떻게 살아갈 수 있을까?",

그리고 남들의 총애 대상이기를 멈추는 굴욕, 더 이상 욕망되지 않는다는 굴욕이 이어진다,

그래서, 떠난다. 방 안에, 하나의 눈 속에 틀어박히기. 칩거.

* 몽테스키우 백작과 사촌간이면서 벨 에포크 시대 파리 사교계의 여왕이었던 엘리자베트 그레퓔(Élisabeth Greffulhe) 백작 부인(결혼 전에는 엘리자베트 드 리케 드 카라망시메 공주)은 프루스트의 『잃어버린 시간을 찾아서』 중 게르망트 공작 부인의 원형이 되었다.

나는 포장된 안뜰을 가로질러 입구로 들어선다. 오른쪽, 복도, 계단, 다시 복도. 계속 간다. 나는 격리를, 빛의 부족을, 구석을, 불분명한 공간을 좋아한다. 무심히 서성이는 방문객 몇을 지나치고 2층을 지키는 경비들에게 인사를 한다. 이제 사람들은 내가 누군지 안다. 그들이 부랴부랴 다가온다. 수석 학예원이 기다리고 있다고. 사람들이 주변에 모이고, 내 뒤를 바짝 쫓아오고, 앞장서더니, 날 안으로 들여보낸다. 이제는 속도를 줄여야 된다. 큰 책상 맞은편에 놓인 제정 스타일의 반들거리는 마호가니제 작은 의자에 앉으며 그래보려 애쓴다. 하지만 그 시간은 너무 빨리 지나간다. 우리는 먼지와 유물 관리에 대해 몇 마디 대화를 나눈다. 수석 학예원은 우려하는 눈치다. 잠시 침묵이 흐른 뒤, 그가 어째서 박물관의 소장품 가운데 이러저러한 오브제를 내 자율 재량권의 대상으로 삼지 않았느냐고 묻는다. 그가 작품 목록을 다시 집어 느리고 단조로운 목소리로 읽어 내린다. 황후의 필기대, 1860년, 초벌구이 도자, 사금석과 금, 높이 30센티미터, 너비 40센티미터. "이건, 정말로 아름다운 작품입니다." 혹은 중국 옻칠을 입힌 서랍장, 18세기, 자단, 중국 옻칠, 높이 2.5미터, 너비 1.7미터. 아니면 "아, 대형 샹들리에도 있고말고요!" 그로마를리제(製) 대형 샹들리에, 1858년, 금동에 새김장식, 공작석, 높이 3.1미터. 보석함식 서랍장, 1859년, 흑단, 금동과 도자, 높이 2.2미터, 너비 1.25미터. 외제니 황후의 화장거울, 1860년, 상아, 높이 80센티미터, 너비 76.5센티미터. 그에게 난 그 오브제들로는 아무것도 할 수 없다고 설명한다. 그것들에는 이야기가 없다, 아무런 파란이 없다고 말한다. 그 파란이란 단어를 나는 꽤 불쾌한 방식으로, 약간 강조해서 발음하는데, 그래도 얘기를 계속한다. 조그만 흠도, 사소한 애착의 표시도 전혀 찾아볼 수 없는 그 물건들로는 아무것도요. 나는 그에게 문화유산관리국 측의 주문에 의거할 때 어떤 대상이든, 다시 말해 어떤 주제든 내 마음대로 선택할 수 있음을 상기시킨다. 그는 자리에서 일어나 안뜰을 오래 쳐다본다. 그가 창을 열자 갑자기 모든 것이 안정을 잃으며 휘발성으로 변한다. 우리 대화의 침묵마저 방향을 잃는다. 내가 찾는 것은 말하자면 어떤 기억의 비일관성, 사물들을 거치면서 약간 비틀거리는 그것의 흔적이다. 오래 존속하면서 물질로 해체되는 하나의 몸짓 혹은 의향에 불과한 것이다. 그러나 그에게 그 말을 하지는 않는다. 대신 내 서류철에서 몇 장의 종이를 꺼내 몽테스키우 백작이 쓴 메모를 읽어준다. "나는 백작 부인의 편지와 초상 사진 들 외에도 그녀가 맨 나중에 사용한 야등, 축성받은 회양목 가지 하나, 핀들, 마지막에 쓰던 검은 베일, 그리고 그녀 관의 납 부품 한 조각도 가지고 있다." 내가 포착하고 싶은 것, 그건 남겨진 성유물의 이 같은 초소형 예배당이다. 몽테스키우 백작이 로즈궁 1층에 설치한 자신의 뮤즈관에 전시하면서 그녀의 무덤 너머 규방이라 부른 바로 그것이다. 백작은 뮤즈관을 돌아보게 하면서 각각의 오브제들을 역사적으로, 일화적으로, 전설적으로 묘사한다. "이것은 아그리피나의 눈물 단지이다. 이것은 클레오파트라의 빗과 거울이다. 더도

덜도 아니고 바로 그러하다. 이 작은 비단 웃옷은 마리 앙투아네트 왕비가 1776년 1월 13일에 입은 옷이다. 이것은 외과의 펠릭스가 왕의 누(瘻)를 제거할 때 쓴 수술용 칼이다." 이런 말도 한다. "나는 미슐레의 초롱, 뮈세의 지팡이, 베크의 안경, 로마 왕의 실내화 한 짝, 바이런의 머리칼 한 줌을 소유하고 있음을 자랑스럽게 여긴다. 이 이름들은 시사하는 바가 많으니, 그 이름들과 함께한 보잘것없는 물건들에도 광휘를 부여하기에 충분하다." 수석 학예원이 창문을 다시 닫는다. 뮈세, 미슐레, 바이런, 혹은 로마의 왕, 이런 것들은 이름에 지나지 않는다. 이름들의 목록에 불과하다. 그는 방 한가운데에 있다. 그가 우아하면서도 민첩하게 몸을 웅크려 양탄자 위의 작고 거무스름한 얼룩을 손가락으로 살짝 건드린다. 머리를 숙인 채 골똘한 태도로 그가 말한다. 우린 우리가 오브제들을 전시한다고 믿지요. 쓰임새며, 선생님 말마따나 어떤 몸짓들에 관심을 가지는 거라고 말입니다. 하지만 선생님을 안심시키는 건 실은 이름들, 그러니까 미슐레, 뮈세, 그런 눈부신 이름들일 뿐이에요. 그렇게 말하면서 그는 손톱으로 고집스럽게 자신이 얼룩이라고 믿는 것을 긁는다, 하지만 그건 얼룩이 아니라 구멍인데, 미슐레, 뮈세, 베크, 아니면 클레오파트라, 하다못해 선생님의 바르트에 이르기까지, 그가 열정적으로 일어선다. 그 이름들이 없다면, 몽테스키우도 그 사실을 아주 적절히 말했군요, 그 이름들의 광휘가 없다면 그 전부는 엄청나게 흥미롭지는 않았을 테죠. 아닌가요?

아니, 그건 다른 문제다. 하지만 난 그에게 그 말을 하지는 않는다. 입센의 연극 『브란(Brand)』에서였지, 관객석 전체가 죽은 아이의 작은 옷가지들을 제 주위에 펼치는 젊은 어머니의 장면에 울었다. "내 소중한 보물들을 전부 꺼내놓을 거야. 난파하고 만 행복의 잔해들, 어머니의 영혼만이 여기 담긴 무한한 가치를 이해할 수 있겠지. [⋯] 자, 이건 베일. 이건 얼룩진 케이프, 이 얼룩은 눈물인 걸까? 아 얼마나 풍요로운가! 작은 구슬들로 수놓이고, 비통으로 구겨지고, 눈물에 취하고, 치명적인 공포로 빛나는 성스러운 유물이여! 이건 그 애가 제 죽음의 세례식 날 입었던 호화로운 외투야! 오, 나는 아직도 가진 게 많구나!" 작은 효과들은 오로지 어머니의 사랑으로만 빛을 발한다. 자신이 그토록 사랑했으며 소매 달린 조끼 혹은 작은 배내옷의 윤곽 속에 기적적으로 간직된 죽은 아이의 육체에 관련된 추억을 어머니가 정성스럽게 늘어놓는 동안, 그녀와 함께 울기 위해서 그녀의 비통을 하나의 이름하에 분류할 필요를 느낀 이는 아무도 없었다. 하지만 아버지가 들어온다. 그는 그 광경을 바라보고, 그녀가 자신의 슬픔을 다독이기 위해 손으로 천천히 반듯하게 펴고 있는 아이의 옷가지들에 엄한 눈길을 던진다. 그는 그녀가 그 잔해들을 처분하도록 강제한다. 마지막 것까지, 젊은 어머니의 젖가슴 새에 그토록 단단히 숨겨진 그 작은 마지막 것, 눈물에 젖고 죽어가는 아이의 땀에 전 작은 보닛까지도, 하나하나, 그 모든 걸 버리도록 한다. "내놔, 죄다 내놓으라고." 우리는 애착의 강력함 앞에, 빼앗기는 고통 앞에, 소중한 물건들의 물질성 속에서 필사적으로 추구되던 어떤 것을 내어주는 비통 앞에 운다. 우리는 몰랐다. 그녀 자신도 몰랐다. 그 어떤 것이 생의 한 기억이 아니라 생 그 자체, 생의 감지할 수 없는 박동이라는 사실을. 그 조그마한 물건들을 처분하겠다고 동의하기 무섭게 그녀는 죽은 이처럼 되며, 그로 인해 죽는다.

또한 부재하는 남자에게 보내는 한 여자의 눈물 젖은 편지도 있다. 한 남자, 고통 속에서, 곧이어 광기 속에서 그는 마지못해 그녀와 헤어지고, 그래서 주제테 곤타르트*가 프리드리히 횔덜린에게 보낸 편지다. "[…] 당신이 떠나고 이틀 후, 전 당신의 방으로 다시 갔어요. 그곳에서 마음껏 울고 혹시 당신이 남겼을지도 모르는 물건들을 거두려 함이었지요. 당신의 책상 서랍을 열자 종이쪽 몇 장과 봉인용 밀랍 약간, 조그만 흰 단추 하나, 그리고 딱딱하게 굳은 검은 빵 한 조각이 있었어요. 전 그 모두를 오랫동안 간직했답니다. […]"

나는 엄마의 사진들을 본다. 청춘기의 이 여림, 서투른

* 횔덜린(Friedrich Hölderlin, 1770~1843)은 은행가 곤타르트의 기품 있는 아내 주제테 곤타르트(Susette Gontard, 1769~1802)에게서 이상화된 여성을 발견하고 플라토닉한 사랑을 품는다. 그는 플라톤의 『향연』에 등장하는 만티네아의 디오티마(Diotima)를 연상해 곤타르트 부인을 디오티마라 불렀고, 특히 『히페리온(Hyperion)』(1797~1799)을 쓰면서 그녀로부터 영감을 받았다.

섬세함, 선하고 앳된 상냥함, 민첩함과 호리호리함을. 부드러운 시선과 조심스러운 복종, 어렴풋한 미소, 그리고 이상적인 형태를 지닌 자기 엄마의 절대적인 육체 가장자리에 자리할 때면 늘 약간 움츠러드는 목을. 이 사진들에서 가장 눈에 띄는 건 엄마가 지닌 그늘이다. 어린 엄마는 항상 자기 엄마 곁에서 구부정한 자세를 하고 있다. 그 구부림, 자기 자신을 향해 접히는 육체의 주름, 인정한다, 난 그걸 인정하지 않은 적이 없다, 나 자신이 엄마 편이고 엄마를 지지하고 사랑하며, 엄마도, 엄마 또한 그토록 다정하고 자애롭고 든든하지만, 그건 정말이지 수치스럽다. 수치심, 마치 묘비 같은 말이다. 마침내 수건을 내려놓고 물에 몸을 담그기로 결심한 여름날의 엄마를 기억한다. 더위는 끔찍하고, 하지만 바로 코앞의 물은 그토록 시원하고, 모래톱, 기분 좋게 찰랑이는 잔물결, 모두 두 발짝 앞에 있는데, 그렇게나 더운데, 한데도 엄마는 물에 억지로 들어간다. 정확한 한 지점, 배, 필시 성기가 있는 자리이리라, 거기서부터 살짝 몸을 오그리고. 몸을 오므려 그 부분을 감추기, 그처럼 조심스럽고 수줍게 구부린 자세를 이용해 모든 걸 지우기, 무효화하기. 노출하기 불가능한, 노출에 동의할 수 없는 자신의 몸, 그 몸을.

사진가 앞에서 메릴린은 제롬이 1861년에 그린 아레오파고스 법정 앞의 프리네*와 똑같은 동작을 취한다. 그림에

* 아테네의 창부 프리네는 불경죄로 아레오파고스 법정(고대 그리스 귀족정 초기의 평의회)에 선다. 프리네의 변호를 맡은

서는 한 남자가 프리네의 베일을 낚아채 회중의 시선 앞에 그녀를 벌거벗기고, 그녀는 굽힌 팔로 자신의 얼굴을 가린다. 메릴린은 수술을 받은 지 얼마 되지 않은 터라 오른쪽 옆구리의 흉터가 보일까 봐 걱정했다. 누드 문제를 둘이서 적절히 처리하기 위해 사진가는 얇은 비단 천을 써 연출하자고 제안한다. 비단 천의 투명함은 아무것도 가리지 않는다. 또는 거의 가리지 않는다. 그녀는 그 점을 알고 있지만, 그래도 얄따란 천은 그녀를 보호하며, 그녀는 그것으로 자신을 숨긴다. 자신을 숨기고, 자신이 보여주길 원치 않는 흉터를 숨기는 척한다. 그녀는 숨기면서 보여주는 비단의 효용성을 잘 안다. 하지만 우린, 그녀가 무엇을 숨기고 또 보여주려 하는지 우리는 아는가? 갑자기 메릴린이 비단 천을 내려 자신의 흉터를 드러낸다. 그리고 바로 그러는 순간에 얼굴을 제 굽힌 팔로 가린다. 마치 상처에 대한 고백은 오로지 시선을 지움으로써, 얼굴을 제거함으로써만 가능하다는 듯이. 나는 포스터의 소설을 각색한 영화 〈하워즈 엔드(Howards End)〉에서 윌콕스 씨를 연기한 배우 앤서니 홉킨스가 고안한 동작에 대해 생각해본다. 은밀하고도 수치스러운 폭로의 위험에 윌콕스 씨는 돌연 한 손을 자기 얼굴에 갖다 대는데, 이는 얼굴을

히페레이데스는 그녀의 옷을 벗겨 가슴을 내보임으로써, 다시 말해 아름다움을 통해 배심원단의 동정심을 자아내는 방법을 써서 무죄 판결을 받아냈다. 프랑스 화가 제롬(Jean-Léon Gérôme, 1824~1904)의 〈아레오파고스 법정 앞의 프리네(Phryné devant l'Aréopage)〉는 이 장면을 형상화했다.

손에 묻으려는 게 아니다. 그는 수치심으로 약해지는 사람이 아니다. 그건 차단하고 분리하고 고립시키기 위한 행위, 뻣뻣한 자기 손을 거칠게 관자놀이께에 가져가 얼굴에 수직의 막을 세움으로써 타인의 시선으로부터 그 얼굴을 제거하려는 행동이다. 나는 『호밀밭의 파수꾼(The Catcher in the Rye)』의 소년에 대해서도 생각한다. 벌거벗은 채 불시에 걸리자, 가진 거라고는 허리 한 바퀴도 채 돌아가지 않는 작은 수건뿐인 그는 결국 사람들의 시선 앞에 노출되기 전에 그 물건으로 당당히 얼굴을 덮는 편을 택한다. 아마 엄마도 물에 들어갈 때 자신의 수영복을 얼굴에 덮어썼어야 옳았을 거다.

어릴 때 쓰던 방에는 벽으로 붙박이장이 하나 나 있었다. 일종의 서랍장 같은 거였다. 우리는 세공 장식이 있는 그것의 무거운 문을 큰 열쇠로 열곤 했는데, 그러면 컴컴하고 광택 없이 깊은 그 안에서 시트나 책 더미가 쌓인 채 침묵하는 선반들 대신, 느닷없이 제 얼굴과 마주하게 되었다. 작은 세면대와 세면도구 위로 살짝 솟은 거울 속의 예기치 않은 자기 자신, 스스로를 알아보기에 앞서 미지인인 절 거기서 발견하고 당황한 자기 자신, 스스로의 눈에 비치는 어리둥절한 저 자신과 말이다. 어쨌거나 자기에게 가장 잘 부합한다고 믿던 바를 박탈당한 그 모습이라니, 우리는 어쩌면 그리도 쉽게 스스로를 상실하는가, 아니, 스스로를 혼동하는가. 바로 그 자리에서 갑자기, 기습적으로 자기 자신과 마주치다니, 다시 말해 영락없이 다른 이들과 마주치다니. 우리는 무수히 많은 얼굴들의 포개짐을, 평상시에는 속임수로 단 한 사람을 이뤘던 유령들의 우글거림을 찰나의 섬광처럼 발견하곤 했다.(초상을 다룬 한 전시에서 나오던 길에 나눈 대화가 기억난다. "넌 너 자신을 어떻게 묘사할래? 네 초상화는 뭘 닮았을 거 같아?" 그러자 적당한 단어들을 찾아 자신의 얼굴에 적용하려던 내 친구는 도무지 형태를 감 잡을 수 없는 옷을 입어볼 때 드는 바로 그 낯선 감정을 드러내며 느릿느릿 알 수 없다는 표정을 한다. "모르겠어, 내가 안 보여. 거울로 날 바라볼 때 내 눈에 보이는 건 엄마야. 내가 거울로 날 볼 때 보이는 건 우리 엄마라고. 끔찍한 광경이지, 완전히 영화 〈사이코(Psycho)〉라니까. 왜 그, 아들 얼굴 위로 떠오르는 엄마 얼굴 말이야.") 나는 문을 닫고 옷을 벗은 후 가까이 다가가 바라본다. 늘 그렇듯 이해할 수 없다. 소름이 끼칠 정도다. 이 아몬드 형태의 구멍, 주름, 그 주변에서 어른대는 검은 그림자, 빛, 물질, 그리고 구멍. 약간 벌려 본다. 구멍은 여전하다. 확장되는 건 그 주변이다. 빛이 걷잡을 수 없이 밝아져도 구멍은 여전히 전과 같다. 나는 뚫어지게 쳐다본다. 이제 그건 눈이 아니라 시선이다, 나를 응시하며 그럼에도 저 자신에게서 구멍밖에 찾지 못하는 내 시선. 그렇다면 이 시각을 침수시켜줄 것, 이 보지 못함에서 날 구해줄 건 눈물밖에 없는지, 사형집행인을 피해 달아나는 미하일 스트로고프*의 경우처럼. 사형집행인은 그토록 사랑하는 어머니의 모습과 마주한

* 쥘 베른(Jules Verne, 1828~1905)의 소설 『미하일 스트로고프(Michel Strogoff)』(1876. 한글판의 제목은 『황제의 밀사』)의 주인공.

스트로고프가 그만 시선을 뒤덮는 눈물로 눈이 멀도록 만드는데, "내 어머니다! 그렇다! 그래! 제 최후의 시선은 어머니 당신을 향한답니다! 거기, 제 앞에 계세요! 사랑하는 어머니의 얼굴을 한 번 더 볼 수 있도록요! 제 눈이 어머니를 보면서 닫힐 수 있도록요!" 하지만 눈물은 나지 않는다.

트루먼 커포티는 몇 달 내내 사람 죽이는 이야기를 듣고 싶어 했다. 원고를 쓰고 또 써 『냉혈한』 전체를 거의 다 마친 셈이지만 정작 그에게는 궁극의 장면, 그것을 통해 모든 게 시작되고 끝나는 장면, 즉 살해의 이야기가 부족한 것이다. 그가 구하는 건 동기가 아니라 이야기다. 사실들의 연쇄다. 그는 설명 말고 다만 묘사를 원한다. 그에게는 살해가 필요하다. 그러나 감옥에 갇힌 두 살인자에게는 질문을 던져도 허사다. 특히나 페리 스미스는. 그를 꼬드기고, 두둔하고, 어르거나 화내고, 계략을 쓰고, 협박해도 아무 소용없다. 먹히질 않는다. 몇 백 페이지에 달하는, 그리고 사람들이 좀처럼 접하기 힘든 이야기인 그의 책은 완벽할 수도 있을 테다, 커포티는 그 점을 확신한다. 그런데 거기서 핵심적인 게 빠졌다니. 그즈음에 그는 사진을 발견한다. 어린 페리의 작은 흑백사진 한 장. 어느 날 그는 감옥에 도착해 페리에게 그것을 내민다. 감옥 독방의 미광이 모서리가 오글오글해진 이 광택도는 마분지 조각에 단숨에 엉겨 붙는다. 한 사내아이가 제 누이와 노는 걸 잠깐 멈추고 포즈를 취하며 찍는 이를 응시한다. 페리는 아이인 저 자신을 바라본다. 그는 그 활기차고 수줍은 작은 육체를 바라본다. 작은 얼굴을, 그 놀란 미소를, 그저 거기 존재한다는 사실만으로 의기양양한 시선, 자신을 응시하는 그 시선을 바라본다. 그는 그 자신이었던 경이롭고 무해한 작은 사내아이를 바라보며 중얼거린다. "우리가 그런 짓을 했다니, 뭔가 잘못된 게 틀림없어." 그는 자신을 바라보는 소년을 다시 응시한다. 사진기 곁에서 몸을 숙이고 대물렌즈에 갖다 댄 얼굴을 찡그린 채 이렇게 말하는 자신의 아버지를 다시 본다. "웃어라. 이런 제길, 얘들아 웃으라니까. 자, 그만 좀 움직이고, 웃으렴. 그렇지, 그렇게." 찍는 일이 끝나자마자 아이들은 놀기 위해 다시 후다닥 뛰어가버렸고, 집 안쪽에서는 어머니가, 테라스에서, 그들을 부른다. 또다시 부른다. 이제 들어들 와야 해, 너무 늦은 시간이야, 아니에요, 안 늦었어요. 정원에 저녁이 왔다. 마침내, 정원이다. 자갈 몇 개, 화단 하나, 내리는 저녁 속 근사한 노란빛의 금잔화와 전륜화, 그들은 노는 걸 멈출 수 없다, 피곤으로 비틀거렸지, 하도 웃어서 오는 탈진, 아주 부드러운 경련처럼 저절로 흐르는 그 웃음이 안긴 피로 때문에, 그들은 비틀거렸다. 어머니가 그들을 불렀다. 또다시 불렀다. 사진 속 아이, 예전의 그인 아이가 그를 물끄러미 쳐다본다. 무기력한 데라고는 없이, 고집부리는 데라고는 없이, 반대로 이 작은 얼굴엔 쾌활함이, 유년의 모든 기대가 어려 있다. 그러자 페리는 고개를 들고 커포티가 몇 달 전부터 바라온 이야기를 들려준다. 자신에게 아무 짓도 하지 않은, 그러나 두려움을 드러내며 자신의 눈을 쳐다보는 그 사내를 어떻게 죽였는지.

나의 첫 사진, 그러니까 내가 최초의 사진이라고 명명하는 그것. 나는 여덟 살 아니면 열 살이다. 사진에서 난 얼굴만 보인다. 우리가 오두막집을 세워둔 소관목 산울타리의 잔가지 틈새, 그 구멍에서 그가 나타난다. 나는 다른 뭔가를 쳐다보는 듯한 표정으로 대물렌즈를 뚫어져라 바라본다.

나중에 엄마는 자신이 아무것도 몰랐다고, 꿈에도 생각 못 했으며 전혀 상상할 수 없었다고, 그렇지만 그보다 앞선 어느 날 아버지가 창가에서 손짓을 하는 걸, 그가 행복한 표정이 되더니 돌연 열정과 생기를 띠며 유쾌하게 자기 자신을 선사하는 광경을 본 적이 있다고 말했다. 평소에는 우울하고 신경질적이며 쉽게 짜증을 내는 아버지였는데. 그 동작, 딱 그 수신호만을 봤을 뿐인데, 그러고 나자 엄마에게는 단 한 가지, 우는 일밖에는 할 수 있는 게 남지 않았다. 엄마가 불행으로부터 스스로를 방어하기 위해 할 수 있는 일이라곤 얼굴을 자기 자신 쪽으로 돌리고 그걸 침수시키겠다는 듯이 우는 행동이 유일했다. 온통 눈물에 젖은 밤들. 문 안쪽에서 엄마의 목소리가 몰이해와 쓰라림의 적막한 노래처럼 울린다. 무슨 말인지 분간되지 않는, 다만 고통의 선율적인 형태만이 들려온다.

자신의 존재가 잊히지 않도록 그 '딴 여자'는 옆집으로 세를 들어 이사 왔다. 섬엄나무 산울타리는 밤마다 엄마의 불행이 흐느껴 우는 우리의 크고 아름다운 빌라와 옆집을 딱

잘라 가르지 않았다. 그 집은 작고, 방금 새로 페인트칠을 했고, 별다를 것 없었으며 바로 그 점 때문에 쾌락에 더 알맞았으리라. 그날의 화창한 햇빛, 정원 위의 텅 빈 하늘, 가벼이 공명하는 공기, 기다림. 그리고 그때 난 두 집 사이에 수직으로 선 산울타리 있는 데서 그 두 사람을 봤다. 잔가지 너머로 테라스의 지나치게 붉은 타일이 빛 속에 작열하고 있었다. 그 여자, 그 딴 여자가 모습을 나타냈다. 그녀는 기지개를 켜며 쇠로 된 난간 있는 데까지 왔다가, 얼른 뒤로 돌아서서 가만히 있다가, 이윽고 다시 움직이며 왔다 갔다 했는데, 그 동작들의 의도는 고스란히 조금 전 자신이 건너온 유리문 안쪽의 그늘진 구석을 향했다. 그녀가 살짝 애원하는 시늉을 했다. 그러자 그 배경 틀 안으로 한 남자가 등장했다. 아버지였다. 무릎을 굽히고 얼굴을 찡그린 채, 며칠 전 자신의 생일날 엄마가 선물로 준 사진기에 한 눈을 고정한 아버지는 불안스럽게, 조심조심, 거의 비틀거리면서 그녀 뒤를 따랐다. 그렇듯 얼굴에 사진기를 댄 채 그녀에게 이런저런 지시를 내렸다. 그녀는 그 지시대로 자세를 바꿨다. 어, 좀 더 굽혀볼래, 그렇지, 한번 뒤로 돌아봐, 머리는 뒤로 젖히고, 그래, 목, 그렇지, 시선도. 우리집에서는 전혀 그런 식으로 사진을 찍지 않았었다. 아버지는 가족은 선 자세로, 엄마는 초상 사진 자세로(즉 앉아서 우아하고도 소심한 몸짓으로 두 손을 자기 스웨터 깃 주변에 모으고, 또는 정원의 테두리 돌 위에 비스듬히 앉아서 시선은 멀리 허공에 두고, 또는 역시 우울한 풍경을 배경으로 앉아서 옆얼굴의 4분의 3이 가려진 각도로)

찍었다. 나는 두 사람이 소리가 나지 않도록 숨죽여 웃으며 살금살금 테라스로 나오는 광경을 봤다. 이어 여자가 난간 위로 살짝 올라앉았다. 난간의 둥근 쇠가 그녀의 넓적다리에 방해가 됐다. 여자의 원피스가 살짝 벌어졌고, 그들은 웃음을 거뒀다. 심각함. 그들 사이에 어떤 것이 내려앉았다. 아버지는 내 쪽으로 등을 돌리고 있었지만 난 어딘지 바뀐 점이 있다는 걸 잘 알았다, 여자가 더 이상 미소 짓지 않았다. 그녀는 둔한 표정이 되며 시선을 먼 곳에 뒀다. 내게는 그녀의 입이 몹시 크고 일그러진 듯 보였다. 아버지는 계속 사진을 찍는 중이었다. 원피스가 바닥으로 떨어졌다. 아버지가 좀 더 앞으로 다가갔다. 그녀가 아버지의 허리에 두 다리를 감더니, 그의 손에서 사진기를 넘겨받고, 재빨리 그것을 장전하고, 아버지의 몸에 매달린 자세로 그의 목에 두 팔을 두르고, 마치 그의 뒤, 테라스의 허공을 찍으려는 듯이 아버지 어깨 너머 어떤 것을 겨냥했다. 그녀가 아버지 위에 올라탄 그대로 두 사람은 방향을 돌렸는데, 서로 바짝 껴안고 있어 이제 둘의 얼굴은 따로 분간되지 않았다. 아버지는 여자를 집 안으로 데려갔다.

며칠 후, 잠에서 깨어난 나는 자는 중에 내 머리맡 탁자 위에 놓인 사진 한 장을 발견했다. 사진에서 난 얼굴만 보인다. 우리가 오두막집을 세워둔 소관목 산울타리의 잔가지 틈새, 그 구멍에서 삐죽이 솟아오른 아주 작은 얼굴. 나는 대물렌즈를 뚫어져라 바라본다. 하지만 사람들은 아무것도 볼 수 없다. 내가 뭘 쳐다보고 있는지, 무슨 생각을 하고 있는지, 전혀.

어느 밤에 나는 꿈속에서 그녀를 본다. 꿈의 세부 내용은 잊었다. 그렇지만 핵심은 그녀가 날 좋아하지 않는다는 거다.

다른 밤엔 크고 높은 돌문을 보는데, 그 문의 틀에는 아주 정확하게 꼭 들어맞는 좀 더 작은 돌문이 끼워져 있고 그 좀 더 작은 문의 틀에는 아주 정확하게 꼭 들어맞는 좀 더 작은 돌문이 끼워져 있고 그 좀 더 작은 문의 틀에는 아주 정확하게 꼭 들어맞는 좀 더 작은 돌문이 끼워져 있고 그 좀 더 작은 문의 틀에는 아주 작고 아주 낮은 문, 몸의 낮춤과 영혼의 높임을 위한 문이 끼워져 있고, 바로 그 문을 통해서야 비로소 우리는 안으로 들어갈 수 있을 것이다. 하지만 이 문은 메워져 있다. 우리는 영혼을 약간 숙이고 몸을 평온히 놓아둘 생각을 해야 했을 것이다. 지금 이 문은 메워져 있다. 오직 돌 틈의 작은 구멍 하나만이 붕괴로 엉망이 된 그 내부를 들여다볼 수 있게 해준다.

정원을 떠나 루브르궁의 안뜰로 향하면서 나는 사라진 궁궐, 제2제정의 이름 그 자체이기도 한 튈르리궁*의 흔적,

* 튈르리궁의 첫 건립은 앙리 2세의 왕비 카트린 드 메디시스 시절에 이뤄졌다. 나폴레옹은 황제가 되면서 이곳을 황궁으로

그 도래와 소멸의 자취를 오랫동안 찾아보았다. 부지는 어떻게 골랐을까, 터는 어떻게 앉혔으며 그 구조는 또 어땠을까, 각각의 볼륨은 어디서부터 어디까지 어떤 식으로 배열되었고, 정원과 안뜰로 이르는 통로는 어떻게 배치되었을까, 입구는 어떻게 정했고, 또 현관과 아케이드는? 발길 닿는 대로 거닐다 보니 이런 생각은 부디 끝까지 충족되는 일이 없기만을 바라는 모호한 고고학적 궁금증 비슷한 것이 되었다. 나는 지나는 길에 건성으로 훑어보며 이런저런 가정을 떠올렸다. 여기는 매립지고 저기는 파 들어간 자리, 그리고 저쪽은 수변 테라스 아래로 기둥들이 산적했을 테고, 또 저곳은, 뭐, 저긴 아마도. 나는 배치가 단순하다는 명백한 사실을 이해하려 들지 않았다. 파리코뮌 때 파괴되기 전까지, 튈르리궁은 정확히 루브르궁의 맨 끝 동들, 즉 한쪽의 마르상관, 다른 한쪽의 플로라관과 닿아 있었고, 바로 그런 식으로 루브르궁의 거대한 안뜰, 거대해서 거의 무정형인 그 뜰을 닫았었다. 이 대형 건조물이 그 흔적과 한 줌의 유적 정도만 가까스로 남기고 몽땅 삼켜졌었더라면 더 좋았으리라. 하지만, 천만에. 오르세 미술관이나 지방 박물관들에는 대량의 평면도, 데생과 조판, 커다란 그림 들이 뒤죽박죽으로 남아 있고, 더구나

삼았다. 나폴레옹 몰락 후 왕정복고 시대의 왕궁 지위를 거쳐 1830년 7월 혁명, 1848년 2월 혁명의 부침과 습격을 겪은 튈르리궁은 제2제정 출범과 함께 다시 나폴레옹 3세의 공식 거처가 되나, 1871년 파리코뮌 때의 방화로 결국은 전소되고 만다. 본래는 루브르궁과 거의 맞닿아 있었다.

사진들도 있다. 동네 도서관의 서가들 틈에서 궁의 역사를 다룬 책 한 권을 급하게 뒤적이는데, 갑자기 거기서 건물 사진들이 등장한다, 심지어 내부 전경까지, 우르르. 깜짝이야. 내가 취한 첫 번째 동작은 책을 다시 덮는 것이었다. 안 봐야지, 아무것도 바라보지 말아야지. 아무것도 확인하지 말아야겠다. 그래도 어쨌든 책을 다시 집어 몇 장을 얼른얼른 넘긴다.(너무 반듯한 건물 정면, 우아함이 결여된 대칭, 건축선, 박공, 먼지를 뒤집어쓴 잔디, 재배조 속의 소관목들. 그리고 내부에는, 마땅히 그래야 하는 대로, 넓은 원목 마루, 연속된 주랑들, 대리석과 코니스. 모든 게 번지르르하면서도 침침한 것이, 마치 사진을 찍으려고 속을 다 비워낸 듯하다.) 나는 서가 선반에 책을 다시 둔다. 이 지워진 궁이 그나마 소유하고 있던 얼마간의 존재감을 이 사진들이 순식간에 거둬버렸다. 그걸 보지 말았어야 했다.

하나의 기억은 사진으로 찍을 수 없다. 그러나 폐허는 찍을 수 있다. 1871년 5월 23일의 오후가 끝날 무렵, 튈르리 궁의 방화가 선언됐다. 코뮌은 몇 달 전부터 이 장소를 포위했었다. 사람들은 살롱 데 쥐시에 내부나 트라베 회랑을 따라 붙여진 벽보에서 다음의 내용을 읽을 수 있었다. "민중이여, 이 벽에 넘쳐나는 금은 그대들의 땀이다. 그대들의 노동을 먹고 그대들의 땀을 마시던 저 만족 모르는 괴물, 군주제의 시대는 이것으로 족하다. **혁명**이 그대들을 자유롭게 한 오늘, 그대들은 다시 그대들 자신의 것이다. 이곳은 그대들의 집이다. 의연하라, 그대들은 강하다. 압제자들이 이곳에 다시 돌아오지 못하도록 엄중히 지키라!" 시간이 되자 사람들은 울려 퍼지는 욕설을 포함해 모든 것에 타르 용액과 휘발유와 화약을 섞어 붓고 불을 댕긴다. 그곳을 끝장내야 한즉, 장소들 중에는 혁명이 제집에 있듯 편히 있을 수 없는 곳들이 있기 때문이다. 혁명은 그렇듯 불을 지르며 물러난다. 폐허들은 도시 한가운데에 잔존했다. 이 거대한 돌 더미의 유해는 12년 동안을 도시 한복판에 쓰러져 있었다. 그리고 이 도시의 잔해를 담은 사진들이 남는다. 프랑스 사진협회의 수장고에는 사람들이 조심스레 다루는 커다란 검은 유리판들이 있다. 1871년, 화재가 난 뒤 몇 달 뒤에 뤼시앵 에르베와 샤를 페리에가 콜로디온 습판의 건조를 이용해 유리에 감광한 음화들이다. 사진가들은 격파된 궁 내부에 암실을 차렸다. 음화로 인해 궁은 제 정확한 배치 관계를 빛의 반전하에 발견한다. 창백하게 거의 속이 비칠 지경인 토대, 무너져 내린 투명한 석고 덩어리들, 빛으로 금이 간 내벽들, 철거의 난폭함 때문에 번득이는 누더기 조각이 된 것들. 속이 휑하니 다 털린 채 연이어 늘어선 살롱들은 망령들의 통행로에 불과하다. 그랑 데스칼리에, 살롱 드 라 페, 카비네 드 트라바유, 살롱 블뢰, 모든 것이 불길에 검게 탔고, 속이 비워지고 흐릿해진 탓에 황량하기만 하다. 어느 연회에서 나오는 길이던 뮈세는 이 사건 전체의 운명을 단번에 이렇게 그려냈었다. "오늘 이 모든 것은 숙명의 섬광으로 비추인 듯 아름답다. 그렇다, 지금 순간엔 매우 아름답다. 그러나 그 끝막에 대해서

만은 나는 단 두 푼도 물지 않으리라." 오로지 파괴의 사진만 이 궁을 마침내 이해할 수 있는 것으로 만든다. 사물들의 그림자 외에는 남은 게 없고, 무엇이 무엇인지 구분이 잘 가지 않지만, 어둠이 약간의 빛을 부여한다. 해체와 유기가 이해하게끔 해준다.

밤이면 그녀는 방돔 광장을 떠나 폐허가 있는 곳까지 내려간다. 그곳을 배회하다 돌들을 주워 온다. 그 수집물들을 그녀의 집에서 다시 볼 수 있을 것이다. 1875년경에는 저녁 나절에 무너져 내린 지난 삶의 흙더미 사이를 돌아다니는 이 제2제정의 유령들이 분명 많았을 것이다.(나는 〈르 피가로〉지가 본디 궁의 벽난로 자재였으며 잔해 취급 경매인에 의해 진품임이 보증된 대리석 조각들을 매입해 구독자들에게 줄 문진을 만들었다는 사실을 알게 된다. 제정의 적이던 어떤 이가 자기 적수 소유의 무너진 건물 한 자락을 통째로 사 그걸로 제 집을 지었다는 것도. 워스가 쉬렌에 있는 자신의 빌라를 위해 폐허의 원통형 기둥 한두 개를, 빅토리앵 사르두가 제 마를리 빌라에 쓰려고 장식 기둥 몇 개를 사들였다는 것도.*

* 오트 쿠튀르 패션 디자이너의 선구자로 간주되는 영국인 찰스 프레더릭 워스(Charles Frederick Worth, 1825~1895)가 파리 근교 쉬렌시에 지은 '워스 빌라'는 오늘날엔 포슈 재단 소속의 병원으로 사용되고 있다. 빅토리앵 사르두(Victorien Sardou, 1831~1908)는 제2제정 시대의 극작가. 자신이 거주했던 마를리르루아시의 시장을 잠시 지내기도 했다.

프랑스 도처의 시 소속 소공원에 궁의 벽 조각 일부가 장식용으로 설치되어 있다는 사실도.) 일찍이 케오스의 서정 시인 시모니데스는 자신이 참여했던 향연장이 붕괴하자, 사람들의 의뢰에 응해 기억으로 그곳을 되살림으로써 산 자들이 죽은 자들에게 장례를 베풀 수 있게 했는데, 바로 그 같은 자문을 그녀에게 부탁할 수도 있었으리라. 그러면 그녀는 그 모든 것을 낱낱이 되짚었으리라. 이곳에선 이런 설교가, 저곳에선 이런 선언이 행해졌고, 저기 저곳에서는 이런 폭력이 가해졌고, 또 저쪽에서는 서약이, 여기서는 모욕이, 저기서는 악수와 포옹이, 또 여기서는 배반이 있었더라고. 그 거대하고 전면적인 폐허의 한복판에서 그녀는 초췌한 자기 몸을 보이면서, 그러니까 더 이상 예전과 같지 않은 저를 여전히 예전과 다름없다고 믿는 그 정신 나간 가련한 몸을 드러내면서 무덤을 비추었을 것이다.

그녀의 전기 연구가들은 사진 얘기를 하지 않는다. 또는 거의 하지 않는다. 그들은 그녀가 제 사진을 찍는다 정도의 언급을 지날결에 하지, 굳이 그 문제에 시간을 할애하거나 특별한 중요성을 부여하지 않는다. 나라면 이 여인의 생애 전체를 기꺼이 사진가 작업실에서의 촬영으로 축소하리라. 유일한 장소이자 포즈라는 시간의 단일치로서 말이다. 한 여인이 자기 자신을 찾으러 오고, 자기 자신을 붙들고 가두기 위해 서두른다. 이 여자는 우리가 창고에 가듯 사진가를 찾아간다. 사진들로 뭘 할지는 그녀의 관심사가 아니다. 다들

그러듯이, 원, 사람들이 초상 사진에 보이는 이 열광이라니, 그녀 역시 그것들을 명함이나 응접실 탁자 위에 둘 앨범, 발송 물품 등의 형태로 제공한다 할지라도 그렇다. "소중한 친구여, 초상 사진 고마워요. 이것들이 당신 없는 시간을 덜 적적하게 보낼 수 있도록 해주네요" "소중한 친구여, 당신의 초상 사진을 제 머리맡 탁자 위에 놓아두었답니다. 나는 잠들면서 당신을 바라봅니다" 등등의 답신이 오고, 당연히 이러한 치하에 만족감을 느낄밖에, 그녀는 그 말을 철저히 믿는 척 군다. 하지만 그런 이유 때문에 자기 사진을 찍는 건 아니다. 경박함의 외피 아래로, 그녀는 포가 "멜랑콜리의 내부 공간(habitacle)"이라 부른 것을 구축하기 위해 자신의 사진을 찍는다. 붙들 것, 묵묵히 붙들 것.

때는 누구나 모든 이의 낮은 탁자나 원탁 위에 놓인 사진으로 귀착하는 시대다. 『쟁탈전(La Curée)』에서 졸라는 비 오는 오후나 질질 늘어지는 저녁 모임에서 지루함 속에 무심히 페이지를 넘기는 이 일, 다시 말해 거침없고 가혹하게 한 장 한 장 사진첩을 넘기며 마침내 꼼짝 않게 된 타인들의 얼굴을 선망과 잔인함이 가득한 시선 아래 벌거벗기는 행위를 아주 적절히 그려낸다. "비가 내리거나 지루할 때 이 사진첩은 대화의 주요 얘깃거리가 되곤 했다. 결국 그들의 수중에 떨어지는 건 늘 그 물건이었다. 젊은 여인은 하품을 하며 사진첩을 열었다. 벌써 백 번은 그랬을 것이다. 이어 호기심이 촉발한 젊은이가 그녀 뒤로 와 팔꿈치를 괸다. 그러면서 드 메놀 부인의 이중 턱과 드 로베랑 부인의 눈, 블랑슈 뮐레르의 가슴, 약간 휜 후작 부인의 코, 입술이 지나치게 두툼하기로 유명한 깜찍한 실비아의 입에 관한 긴 대화가 시작되었다. 그들은 여인들을 서로 비교했다. [...] 르네는 사진첩에 담긴 창백하거나 미소를 띠었거나 가탈스러워 보이는 얼굴들을 구경하는 데 내내 정신이 팔렸다. 그녀는 여인들의 초상 사진에서 좀 더 시간을 끌었고, 호기심을 느끼며 사진들의 정확하고 미세한 세부들을, 가는 주름이나 솜털 들을 관찰했다. 심지어 커다란 확대경을 가져오라고 시킨 날도 있었다. 그렇게 해서 르네는 놀라운 발견을 했다. 몰랐던 주름이나 거친 피부, 분으로 미처 가리지 못한 모공 따위를 찾아낸 것이다. 결국 막심은 그런 식으로 인간의 얼굴에서 혐오감을 느껴서는 안 된다고 선언하며 확대경을 숨기고 말았다."

모든 게 움직이지 않게 된다. 상상해봐야 합니다, 라고 프랑스 사진협회의 부회장이 내게 말한다. 포즈를 취하는 시간 내내 가해지는 고문이 어떤 것일지. 한번 직접 해보세요, 그럼 아시게 되겠지만, 정말 참을 수가 없답니다. 나는 내 방으로 돌아와 장면을 준비한다. 편안하게 앉아서 머리를 손으로 괴고 팔꿈치는 탁자에 단단히 고정한다. 그런 후 꼼짝하지 않고 머릿속으로 내 앞에 나 자신의 이미지를 전시하면서, 그것이 야멸차고 선명하게 빛나고, 생생하고, 생각 많아 보일 수 있도록 공들여 꾸며본다. 그런데, 침묵에 들기 무섭게, 최초의 붕괴가 일어난다. 불편한 건 몸을 꼼짝 않는 게 아니라 시선을 부동 상태에 두는 일이다. 뚫어지게 응시하자 균형이 다 무너진다. 86초 만에 자세가 흐트러지며 온통 깜박거리게 되는데, 단지 눈꺼풀만 끔적대는 게 아니라 두 눈이 타는 듯하다. 얼굴이 트릿해지고 목이 뻣뻣하게 굳고, 2분 25초, 내면의 시선 같은 건 사라지고, 3분 7초, 나는 피에르송이 초상 사진의 첫 단계를 묘사하며 한 말마따나 눈먼 사형수다. "뻐대는 기계적으로 부동 상태를 유지한다고 해도 눈꺼풀이 깜박거렸고, 얼굴 근육은 경련을 일으켰다. 어떤 이들은 얼굴이 충혈되었는가 하면, 다른 이들은 창백해졌다. 포즈를 취하는 이가 바라는 우아한 표정의 미소 띤 초상 사진은 고사하고, 우리가 얻는 건 거개가 눈먼 사형수의 영상이었다." 중단. 나중에 다시 해보리라. 그러는 사이에 난 사진 역사상 최초로 자신의 초상 사진을 완성한 개척자 바야르*의 사진들을 본다. 그는 포즈의 유지라는 문제를 해결하기 위해 시신의 테마를 채택함으로써 실제적 필요를 만족시켰다. 즉 자기 자신을 의자 위에 미끄러진 익사자로 상정해 웃통을 벗고, 눈을 감고, 초췌한 표정을 짓고, 연조 효과**를 애초부터 제 편으로 만들고, 해서 눈 깜박임으로 인한 흔들림은 오히려 물에 빠졌다 건진 듯한 분위기를

* Hippolyte Bayard(1801~1887). 프랑스 사진 역사 초창기의 선구적 사진가. 1839년에 세계 최초로 공공의 사진 전시회를 열었다.

** 사진의 원판이나 인화에서 흐릿하니 명암의 차이가 심하지 않도록 하는 효과.

사진에 부여하니, 그는 어지간히 꾀 많은 작자였음이 틀림 없다. 최초로 하나의 얼굴을 고정시킨 이 〈익사자의 모습을 한 자화상(Autoportrait en noyé)〉의 여백에 바야르는 이렇게 쓴다. "오, 인간지사의 무상함이여!" 그 후로 몇 해가 지나면 가시화되기 위해 굳이 죽은 사람으로 변장할 필요가 없어지지만, 그럼에도 포즈에는 여전히 제약이 많다. 피사체는 미묘한 지지 장치, 가령 엮은 줄기나 버팀목에 몸을 고정해 동작을 받친다. 때로 지지대 하나에 무심하게 팔꿈치를 괴고 있는 그녀지만, 그러나 이 여인은 더없이 탁월하게 폐위(déposition)에의 채비가 된, 바꿔 말해 더없이 훌륭한 사진적 주제임이 분명하다. 그토록 아름다운 모델, 스스로의 아름다움 속에 그렇듯 굳어버린, 요컨대 죽음의 침상을 위한 대상 말이다. 구멍 앞에서 사람들은 그것이 축제의 고무라고, 자기 자신과의 재회에 대한 감사라고, 영광을 실현하는 유일한 자리라고 믿기도 하리라. 그러나 실은 그 반대다. 구멍 앞에서 그녀는 다만 부재의 덩어리다. 사진들에서는 그 점이 보인다. 그 점만 보인다.

장소는 자연사 박물관. 배우는 밀랍 해부 모형들 사이를 거닐며 발췌된 텍스트들을 읽었다. 조금 전 그녀는 영감이 깃든 표정으로 안셀무스 칸투아리엔시스의 「세상에 대한 경멸(De Contemptu Mundi)」*을 암송했었다. "그녀, 여인은

* Anselmus Cantuariensis(캔터베리 대주교 안셀무스, 1033~1109). 이탈리아 출신의 신학자, 철학자. 스콜라철학의 창시자로서

화사한 얼굴과 비너스 같은 몸매를 지녔으니, 이 우윳빛 피조물은 몹시도 네 마음에 드는구나! 아, 그러나 그 내장과 살의 다른 궤(櫃)들이 전부 열린다면, 이 새하얀 피부 아래에서 너는 얼마나 많은 더러운 살들을 볼 것인가!" 배우는 얼굴에 차례차례 갈망, 비꼼, 공포의 표정을 떠올리며 읊조린 후 조각에 대한 보들레르의 1859년 살롱전 비평문으로 옮겨 간다. "한때 아름다운 여인이었던 그 끔찍스러운 것은 공간 속에서 막연히 감미로운 약속의 시간이나 세기들의 보이지 않는 시계판에 새겨진 안식일의 엄숙한 시간을 찾는 듯합니다. 시간에 의해 해부된 그녀의 상반신은 제 뿔나팔에서 불거지는 마른 꽃다발처럼 코르사주로부터 교태스럽게 돌출되고, 사치스러운 페티코트의 좌대 위로는 온갖 음산한 죽음의 생각이 솟아납니다."* 배우는 받침돌들 사이로 걸으며 구절을 읊었고, 때로 밀랍 송장이나 비어져 나온 내장 더미 뒤로 사라졌다 다시 나타났고, 인조 시체들 사이로 능란하게 돌아다녔고, 때로 손으로 터진 배나 헝클어진 머리채, 황홀경에 빠진 얼굴 들을 강조해 보이거나, 이름난 조명 기사가 정묘히

1093년부터 1109년까지 영국 캔터베리 대주교를 지냈으며, 1494년에 시성되었다. '세상에 대한 경멸'은 고대 그리스 고전주의와 기독교에 공통적으로 나타난 신비주의적 주제. 일종의 반(反)행복 속에서 세속과 욕정을 경계하고 정신적 평정(아타락시아)과 명상의 중요성을 강조한다.

* 〈라 르뷔 프랑세즈(La Revue Française)〉의 편집장에게 보내는 서한문 형식의 1859년 미술평에서 "IX. 조각"의 말미. 해당 대목은 파티에 갈 채비를 한 여성 해골에 대한 묘사.

조도를 조절한 그늘을 통과해 이리저리 왕래하거나, 자신이 읽는 텍스트에 조화롭게 억양을 부여했고, 새로 확보된 소장품들에 할애된 공간의 첫 개장을 위해 그날 저녁 자리에 모인 관객 쪽으로 가끔 시선을 고정하기도 했고, 그러다 갑자기 커다란 비명과 함께 쓰러지는 소리가 나더니, 그녀는 정신을 잃고 바닥에 넘어져 있었다. 나중에 들려온 얘기로는, 웬 장난이었는지 받침돌 하나에 진짜 내장이 놓여 있어서 그녀의 무심한 손가락이 거기 놓인 자궁의 가장 깊은 곳으로 들어가고 말았다는 것이다, 틀림없이 그랬다고 배우는 단언했다. 그건 그냥 내장이 아니었을까요? 아무 정육점에서나 구할 수 있는 동물 창자 같은 것이요? 아뇨, 자궁 맞아요. 배우는 의견을 굽히지 않았다.

이제, 그걸 상상하고 묘사해야 한다. 지도를 작성하는 고된 작업이다. 묘사할 것. 〈지리학 연보(Annales de la géographie)〉의 비달 드 라 블라슈*처럼 말할 것. "몰려드는 형태들, 하나로 이어진 거대한 표면들, 그 표면들 위로 여기저기 나타나는 원뿔형의 정점들, 유사성을 바탕으로 연결된 형태들의 여러 무리, 경작하기 쉽게 가다듬어진 조직, 계산 불가능한 범위의 변형이 일어나는 본거지." 혹은 『가정 요리(Pot-Bouille)』의, 아니, 아마도 『여인들의 행복 백화점(Au Bonheur des Dames)』에서의 졸라처럼 말할 것. "그녀는 무

* Paul Vidal de la Blache(1845~1918). 프랑스 현대 지리학의 창시자. 〈지리학 연보〉는 그가 1891년에 창시한 연구지.

리들에서 약간 벗어나 있었다." 이 문장은 시사적인 정확함을 갖는다. 난 메모 더미에서 그걸 다시 발견한 뒤 종일 그 말을 되뇐다. 아니면, 단순하게 루이즈 부르주아의 〈용수철 여인(Spiral Woman)〉을 보여줄 것. 넓적다리 위에서부터 매끈한 마티에르를 용수철처럼 꼬아 올린 후, 끝에 실 한 개를 연결해 공중에 매단 작품. 그런 다음 그녀를 알았던 이들이 남긴 묘사를 모으는 거다. 이드빌 백작에 의하면, "이 여인의 기묘한 아름다움, 세련됨, 몸매의 완벽한 조화는 사람을 사로잡는 동시에 놀라게 만든다. 하지만 여타의 소감을 모두 몰아내는 감정은 경탄이다" "여인의 완벽하고 흠잡을 데 없는 미모와 상상 이상의 우아함을 향한 깊고 아낌없는 경탄, 이게 전부다! 경악의 감정이 다른 모든 감정들을 지배한다. 사람들은 이 여인의 됨됨이에 대해서는 아무런 공감을 느끼지 않은 채, 그저 현혹되어 돌아온다". 플뢰리 장군에 따르면, "스스로에게 심취한 그녀는 늘 고대풍의 주름진 옷을 입으며, 그 멋진 머리카락은 어떤 머리 모양에도 어울리고, 태도나 인품은 하나같이 기이했다. 파티가 열리는 시간에 그녀는 마치 구름에서 내려오는 여신처럼 등장했다" "그녀는 여자들에게는 거의 말을 걸지 않았다". 모니 백작에 따르면, "자신의 우월성에 대단히 심취해 남을 업신여기고 거만한 그녀는 자신에 대해서는 우상숭배에 가까운 숭앙을 하고 있었다". 경찰청장을 지낸 카를리에 씨의 말로는, "이 여인에게는 감정도 영혼도 없다. 어떤 일이든, 심지어 사람을 죽이는 일도 할 수 있을 거라 생각된다". 다시 플뢰리를 인용하면, "저 자신의 아름다움을 찬미하는 여자 나르키소스. 유연함도, 부드러움도 없는 성격. 아무런 자비심 없이 야심차고, 터무니없이 거만하다" "그녀는 여러 나라 말을 할 줄 알았고 상당히 유식했다. 육체적 우월성, 불가항력적인 힘이자 여성의 진정한 권능인 그 매력에 더해 무기까지 가졌더라면 그녀는 분명 위험한 존재가 되었을 것이다". 프레데리크 롤리에에 따르면, "사람들은 그녀를 보려고 좌석 위에 올라서곤 했다" "그녀는 완벽 그 자체였다. 머리카락이 시작되는 지점부터 가녀린 발까지, 마치 수공을 들여 매만진 것처럼 섬세했다". 에스탕슬랭 장군에 의하면, "비할 데 없이 영롱한 눈, 진주 같은 이를 내보이는 입" "용모의 우아함과 세련됨, 얼굴의 광채, 몸매와 거동의 우아함". 에두아르 에르베의 눈에는, "어쩌다 길을 잃어 우리의 세속적인 시대에 있게 된 고대의 대리석상". 카레트 부인에 의하면, "카스틸리오네 백작부인은 완료형의 미인에 속했다. 그 아름다움은 우리의 시간대에 속한 것 같지 않았다". 〈랭데팡당 벨주(L'Indépendant belge)〉까지도 이렇게 말한다. "그녀는 우리 지역 사회의 미인들 사이에 불안을 심었다. […] 부인들은 심히 당황했다. 그녀에게는 사람을 깜짝 놀라게 하는 무언가가 있어서 당신은 예의를 차리는 것조차 잊다시피 하고 그 자리에 못 박힌 채 그녀를 쳐다보기만 한다."

단눈치오가 한 미녀에게 그처럼 숭고하게 아름다운 얼굴을 지니고 있으면 어떤 기분이냐고 묻자 그녀는 "마치 끈

적거리는 물질에다 그러는 것처럼 공기 덩어리에 자기 이목구비의 자국을 남기는" 느낌이라고 대답한다.

미모로 유명하고 추앙도 받는 한 여인이 한 말을 신문에서 읽는다. 그녀에게 이런 질문이 던져진다. "당신의 제일 큰 적은 무엇이지요?" 그녀는 이렇게 대답한다. "여성성이요."

그리고, 여기 이 여자. 염지* 기법을 쓴 작은 프린트물. 검은 복장의 초상 사진이다. 이목구비 반듯한 얼굴, 오늘날엔 더 이상 아름답다고 이해될 수 없는 평범한 여인 외에 따로 보이는 것이 없다. 그 얼굴의 필치는 이제 읽을 수 없고 그 육체의 철자는 상실됐다. 다만 이 여자의 현전은 제 동시대인들을 그토록 사로잡은 만큼, 나는 아무것도 나타나지 않는 지루한 방 안에서 불현듯 그 사실에 대해 생각한다. 육체에서 단순한 규범적 완벽함을 초과하는 모든 것, 그녀의 현전에 대해. 그녀의 현전. 〈랭데팡당〉지의 벨기에식 묘사에 따르자면 "사람을 깜짝 놀라게 하고 그 자리에 못 박는" 그 뭔지 모를 요소, 그러니까 현전, 비가시성 그 자체, 몸짓들과 목소리와 빛과 음색과 부재의 그 수수께끼 같은 조합. 19세기는 교령 원탁**, 소설, 장의자 들과 같이 한 육체를 통해 표명되는 영혼(실려 오는 목소리들, 비명, 흐느낌 또는 곡성, 어

* 음화로부터 양화 인쇄물을 얻기 위해 소금에 절인 종이를 사용한 19세기 초중반의 사진 기법.

** 영혼 간에 이뤄지는 교신의 힘으로 움직이는 심령술용 원탁.

렴풋한 기억)을 포착하는 것을 목적으로 삼는 모든 종류의 암실들에 힘입어서, 몽상적으로건 과학적으로건, 앞다투어 그것을 붙들려 했다. 시인들과 의사들은 그 광채를 잡으려고 갖은 애를 썼다. 그런데, 가장 합리적인 탐사, 다시 말해 비가시적인 것의 소실성 자체를 한데 조직해서 역으로 그 존재를 확고히 하는 탐색은 소설가 빌리에 드릴라당이 능란하게 형상화한 한 과학자, 토머스 에디슨이 이행했다 하겠다. 이 둘에 경이로운 알리시아 클라리와(그녀의 아름다운 육체는 어쩔 수 없이 합류한 것이긴 하지만) 앤더슨 부인의 협찬이 더해지고, 그렇게 해서 그들은 미래의 이브, **여성의 재구성**을 이뤄낸다.* "당신의 기쁨, 당신의 존재가 한 인간의 현전에 매여 있다는 말씀입니까? 은은한 미소, 빛나는 얼굴, 부드러운 목소리의 죄수요? 살아 있는 여성이 그렇듯 자신의 매력을 통해 당신을 죽음 쪽으로 이끕니까? 이런, 그 여인이 당

* 『미래의 이브(L'Ève future)』(1886)는 오귀스트 드 빌리에 드릴라당이 지은 SF 소설의 고전. '안드레이드'라는 조어를 고안해 안드로이드 개념을 본격적으로 사용한 작품인가 하면, 당대의 유명한 전기공학자 '에디슨'이 등장하기도 한다. 에디슨은 겉모습만 아름답고 그에 걸맞은 내면을 갖지 못한 애인 알리시아 때문에 괴로워하는 에왈드 경에게 그녀와 외모와 동작 등 모든 것이 똑같을 뿐만 아니라 정신 또한 그 외모에 완벽하게 어울리는 인조인간 아달리를 만들어주겠다고 제안한다. 한편 아달리의 창조가 완성에 이르려면 전기의 사나이인 에디슨 외에도 아달리를 개체화시키는 존재인 에왈드, 그리고 '소와나'라는 보이지 않는 딴 세상의 존재가 필요한데, 이 소와나는 기면증에 빠진 앤더슨 부인의 육체를 대신 쓰며 여성의 신중하고 낮은 목소리로 말하는 '콘덴서'다.

신에게 그토록 중요하다니…… 제가 그 여인에게서 그녀 자신의 현전을 빼앗아 오겠습니다. 저는 **과학**의 놀라운 현대적 수단들에 힘입어 어떻게 제가 그녀의 몸짓이 지닌 우아함 그 자체를, 그녀 육체의 풍만함을, 살갗의 향기와 목소리의 음색을, 허리의 굴곡을, 두 눈의 광채를, 익히 알아볼 수 있는 그녀의 동작과 발걸음을, 그녀의 시선에 깃든 개성을, 그녀의 특징들을, 땅바닥에 비치는 그녀의 그림자를, 그녀의 나타남을, 요컨대 그녀의 **자기동일성**의 반영을 포착할 수 있는지를 즉시, 또 수학적으로 보여드릴 겁니다. 행여 냉담할 수는 있어도 의심할 여지는 없는 방식으로 말이지요." 방 안의 빛이 꺼지고, 모든 것이 분해되는 듯하다. 그러나, 일순간, 바로 거기에 있다, 마치 구겨지는 드레스의 비단 자락처럼, 감지할 수 없어도 생생하게, 이미지의 형태를 갖추지 않은 채, 그럼에도 일순간, 거기에, 내가 찾는 것이, 순식간에 도망치며 그런데도 온전히 알아보게 되는 그것이, 있다.

이 여인이 클레쟁제의 저 유명한 조각상, 즉 오르세 미술관에서 관람 가능하며 그 화제의 모델이 사바티에 부인이었다고 일컬어지는 〈뱀에 물린 여인(Femme piquée par un serpent)〉의 몸을*, 1847년 살롱전에 전시된 그 순수한 살의 영광을 지녔다고 상상해보자.(들라크루아는 그 작품이 조

* 클레쟁제(Jean-Baptiste Auguste Clésinger, 1814~1883)는 프랑스의 조각가, 화가. 〈뱀에 물린 여인〉의 모델인 아폴로니 사바티에(Apollonie Sabatier, 1822~1890)는 당시 뮤즈 역할을 하던 고급 창부.

각화된 은판사진술과 다름없다고, 따라서 정확하기 때문에 틀린 복제라고 비난했다.) 그녀는 그 눈부신 육체, 다시 말해 완벽하게 빚어지고 배치된, 그것을 욕망하는 이를 노예로 만들 셈으로 개방되고 제공되는 살의 더미를 소유한다. 승리하는 아름다움, 개개의 특정한 아름다움(이런 코, 이런 어깨, 이런 생김새)을 압도하는 절대적 아름다움을 지닌다. 발자크가 『창녀들의 영광과 비참(Splendeurs et misères des courtisanes)』에서 에스테르에 대해 말한 바와 같이, 그녀는 완벽함을 위해 요구되는 서른 가지 아름다움을 조화롭게 녹여 지니고 있었다.(다만 에스테르에게 있는 단 한 가지가 그녀에게는 없었으니, 시선의 부드러움이 그것이다. 그러나 물론 그녀는 에스테르가 갖지 않은 자질을 보유한즉, 매끈한 손톱이 그것이다. 궂은일로 변형된 에스테르의 손톱은 이 창녀의 비밀을 드러낸다, 라고 발자크는 말한다. 무엇보다도 그녀는 에스테르가 결코 갖지 못할 것, 신분과 교육을 소유한다. 사람들이 에스테르의 미모를 용서하는 이유는 그녀에게 그것들이 모두 결여되었기 때문이다. 한편 그녀에 대해서 사람들은 결코 아무것도 용서하지 않을 것인데, 그녀는 모두 다 가졌기 때문이다.) 이 아름다움은 윤곽과 살집의 아름다움이다. 따라서 다음의 사실을 인정해야 하겠다. 그녀는 마티에르를, 그러니까 빛을 포착하는 야드르르한 재질을 지녔고, 광택, 지상에서 가장 아름다운 등, 비견할 바 없는 팔, 그리고 봉긋이 부푼 가슴과 살을 가졌다. 질료의 풍만함과 힘을 가졌다.

하도 충만해 있고 하도 스스로를 제공해 그만 굴복시키고 싶은 욕망이 들게 할 살. 그러나 뜯어 먹을 정도, 죽일 정도까지는 아닐 살. 하나의 광휘, 그렇지만 소원하게 만드는 광휘. 그건 아마도 그녀의 이목구비에서 읽히는 그 심술스러운 저항 때문에, 그녀 안에 은닉된 저 광기 때문에 그럴 테다. 그녀는 당기는 동시에 반발을 일으킨다. 심지어 혐오감마저 들게 한다. 그녀는 끌어당기지만 스스로를 주지 않고, 결코 아무것도 제공하지 않는다. 그녀를 바라보는 것만으로도 탈진이, 욕망 속으로의 무너짐, 마르그리트 뒤라스가 엘렌 라고넬*에 대해 이야기할 때 언급되는 바로 그런 탈진이 일어난다. "신이 준 모든 것들 가운데 가장 아름다운 건 엘렌 라고넬의 몸이다"라고 한 다음 그는 엘렌의 젖가슴에 대해 이렇게 말한다. "잘 받쳐진 가슴의 바깥쪽으로 드러나는 그 둥긂보다, 손을 향해 팽팽히 당겨진 그 외면성보다 더 멋진 건 없다." 이 외에 엘렌의 피부에 대해서, 그처럼 고스란히 주어진다는 사실에의 자각 없이 제공되는 원피스 아래의 육체에 대해서, 그 몸을 바라보는 고통에 대해서도 뒤라스는 이야기하는데, 그때 그 고통은 죽이고 싶은 욕망을 주며, "저 자신의 손으로 그녀를 죽게 만들고 싶다는 경이로운 몽상을 불러일으킨다". 뒤라스는 말하길, 하나의 숭고한 육체가 바로 손 닿을 범위에 있고, 그러면서 저 자신에 대해 아무런 의식도 갖고 있지 않다. 자칫 그로 인해 죽을 정도로.

* 마르그리트 뒤라스의 『연인(L'Amant)』(1984)에서 15세 소녀인 화자가 눈여겨보고 때로 기다리는 여학생.

자신을 방어하기 위해, 그리고 공격보다 더 훌륭한 방어책은 없으므로, 카페테라스에서 대단히 아름다운 어느 여인을 탄복하며 바라보던 한 사내는 그녀에게 짤막한 말을 건넸다. "당신은 너무 아름다워서 죽이고 싶군요." 이는 단순한 진실이었고, 그것에 그녀는 자신의 아름다움에 어울리는 세련된 태도로 대답했다. "좋아요."

그녀도 알지 않았을까, 하나의 육체가 얼마나 취약하며 벗은 육체가 얼마나 불완전한지를, 적어도 그녀라면 어느 누구보다도 똑똑히? 아니. 정확히 말해 그녀는 그것을 모른다. 그녀의 경우, 다른 이들과 반대로, 그녀를 만족시키는 건 자기 육체의 확고함, 그것의 확실한 효력이다. 그 효력은 수익이 그득하며 어떤 공격에도 잘 먹힌다. 게다가 그녀는 그로 인해 감동하는 법도 없다. 그녀는 어떤 경우에도 대리석 자질로 남아 그 힘을, 우윳빛 아름다움을, 의혹이건 수줍음이건 수치심이건 자기 자신과의 불일치이건, 그 무엇에도 변질되지 않는 순전한 어깨를 제공한다. 얼굴을 붉히는 행위가 어쩌면 자신이 알아야 할 것 이상을 안다는 사실을 표시하는가, 그렇다면 그녀의 경우는 자기 자신에 대한 필요 이상의 지식이 일절 없다는 말이 되리라. 앎 일체에 대해서 경이로울 정도로 무심하다는 뜻이리라. 그녀는 비밀이 없다, 송두리째 자기 자신의 살갗 안에 있으니까. 그녀는 아무것도 모른다. 알 게 뭔가, 그녀는 들어온다. 스스로에게 어떤 텅 빈 공간을 제시할 수 있으면 그걸로 충분하다. 넓은 응접실 공간이든, 무도회장이든, 콩피에뉴든, 튈르리궁이든. 그토록 자기 자신에 대한 확신에 차서, 그녀가 들어온다.(『레오파드』*에서 아름다운 안젤리카가 그렇게 등장한다. "이어 문이 열렸고 그녀가 들어왔다. 최초의 반응은 감탄 섞인 놀라움이었다. 그녀의 용모 전체가 자신의 아름다움을 확신하는 여인의 꺾을 수 없는 침착함을 표현했다.") 그녀는 그 웅장한 맹목 속에서 걸음을 앞으로 옮기니, 그녀에게는 그 같은 몸가짐과 태도가, 가장이, 단호히 대결에 맞설 채비를 마친 자기 확신이 있는 것이다. 사람들은 그녀가 스스로의 아름다움을 거추장스럽게 여기리라 생각한다. 하지만 전혀 그렇지 않다. 그녀에게는 제 몸이 당연하기 때문이다. 그녀는 커다란 응접실의 너른 빈 공간을 무너지지 않고 건너고, 시선들이 에워싼 눈부신 원 속으로 들어서고, 무도회장으로 들어서고, 머리를 비우고, 다른 여인들이(조마조마한 여자들, 꼬장꼬장한 여자들, 주의 깊은 여자들이) 그네들의 허술하고도 열렬한 비밀 언저리에서 해체되도록 내버려둔다. 그리고 난 뭘 말하고 싶었던 건가? 이런 대담한 육체, 맹렬한 현전의 한 곁에서, 빛 속을 억지로 나아가는 어떤 소심한 육체의 이야기를? 어떤 먼지에 대해서? 모종의 두려움이나 후회에 대해서?

* 작가이자 최후의 람페두사 공작인 주세페 토마시 디 람페두사(Giuseppe Tomasi di Lampedusa, 1896~1957)가 남긴 유일한 소설. 작가 사후에 출간된(1958) 이 대하소설을 토대로 한 루키노 비스콘티(Luchino Visconti, 1906~1976) 감독의 동명 영화(1963)가 널리 알려져 있다.

"고독한 여자가 느끼는 감정이 어떤 건지 당신이 말해주지 않으면 난 미쳐버릴 거야"라고, 카사베츠의 〈오프닝 나이트(Opening Night)〉* 속 연출가는 배우에게 소리친다. 그걸 말해주지 않으면 난 미쳐버릴 거라고. 그러자 제나 롤런즈가 연기하는 영화 속의 배우 버지니아는 자신이 보기에 그 인물이 이상하다고, 이 연극 〈두 번째 여자〉가 자기는 전혀 이해되지 않는다고, 그 역할을 몸소 연기하기는 하지만 아무것도 이해 못 하겠다고 대답한다. 더구나 그녀는 무대에 등장할 때면 늘 비틀거리는 것이다. 긴 복도를 거쳐서 그리로 가는데, 가면서 심호흡을 하고, 정신을 집중하고, 토하지 말아야지, 잘 참아야 해, 필사적으로 노력해 그쪽을 향하고, 비틀거리고, 숨을 헐떡이고, 간신히 움직이고, 그렇게 계속해서, 이제 칸막이 벽 딱 하나 남는다, 더도 아니고 딱 하나, 땀이 나고, 지금은 판지 벽 하나만이 그녀와 무대를 가르고 있고, 그녀는 주저하고, 무릎을 꿇다, 몸에 힘을 주어, 다시 일어난다. 문이 열리고, 갑자기 빛. 그녀는 들어선다. 우레와 같은 박수 소리. 그녀는 그곳에 당도한 것이다. 그녀는 들어선다.

두 사람이 약혼하던 날에 그는 그녀에게 반지를 선사했다. 매우 단순한, 우아한 반지였다. 하객들이 서둘러 1층 응접실로 들어온다. 그가 문을 다시 닫았다. 그 두 사람은 처음

* 존 카사베츠(John Nicholas Cassavetes, 1929~1989) 감독의 1977년작 드라마 영화. 제나 롤런즈와 카사베츠 자신이 출연했다.

으로 한방에 유폐된다. 초대받은 정중한 무리들이 내는 평화로운 소음이 멀리서 들린다. 그들은 거기, 한방에 단둘이 있다. 그들 두 사람, 엄마와 그. 영원처럼. 사람들이 그들을 기다린다. 그들은 자신들이 지닌 온갖 자질들의 광채로 빛나며 나타나야 한다. 사람들이 그들을 기다린다.(그녀는 해냈다. 그녀는 살아 있다. 사랑받지 못하면 그 탓에 백번 죽을 수도 있다. 하지만 그녀는 멀쩡히 살아 있다. 그녀는 해낸 것이다.) 아래층에 하객들이 있다. 사람들이 그들을 기다린다. 그는 그녀 쪽으로 몸을 기울이지만 그녀를 바라보지는 않는다. 당신에게 할 말이 있어요, 라고 그가 말한다. 당신에게 할 말이 있어요. 그는 그녀의 한 손을 잡아 어색하고 딱딱한 태도로 그것을 어루만진다. 자, 당신은 이 사실을 알 필요가 있어요. 당신은 내가 당신 전에 다른 여자를 사랑했다는 걸 알아야 해요. 내가 그 여자와 결혼할 수 없는 건 그녀가 결혼한 사람이기 때문이에요. 그리고 난 그 사람을 결코 잊을 수 없을 거고, 절대로. 무슨 말인지 알겠죠. 이게 다예요. 그가 그녀에게 약혼반지를 끼워준다. 사람들이 우릴 기다려요. 준비됐어요? 갑시다. 그녀는 들어선다.

"맙소사, 얘기 좀 하라고, 고독한 여자가 느끼는 감정이 어떤 건지!" 바깥. 연극이 끝난 후. 극장은 불이 꺼졌고, 밤, 비, 자동차 유리창 뒤편의 수증기로 흐릿해진 얼굴. 그 흐릿한 얼굴의 소녀, 우러르는 이, 상대방이 멀리할 때에만 존재하는 사람, 두 번째 여자. 그게 그녀다, 그렇다, 그게 너라고,

눈물에 젖고 비에 잠긴, 그러고서 부르는 얼굴이. 젊은 아가씨는 부른다, 자신이 사랑하는 여인, 이 여자, 버지니아, 조금 전 무대 위에서 본 위대한 배우를. 배우는 지금 막 출발하는 자동차 안의 축축한 무미함 속에 몸을 묻고 있고, 이 다른 여자, 아까와는 다른 사람이 되어 있는 그 상대방에게 소녀는 입맞춤을, 흠뻑 젖은 작은 입맞춤들을 보낸다. 이 모든 물, 이 흐릿함, 유리창 반대편의 사랑으로 젖은 얼굴, 어린애의 입맞춤, 작은 외침들, 한 번의 부름을, 그녀, 다가갈 수 없는 이를 향해서. 그녀는 당신에게 아무것도 아니야. — 그래. — 그런데. — 그렇긴, 아무것도 아니야. 이어지는 다음 순간은 죽음이다.

이 여인, 내 엄마든 혹은 다른 여자든, 제 생의 문턱에 선 어떤 이. 가녀리고, 소심하고, 다른 여인의 육체 아래서 구부정하게 휜. 그리고 기쁨에 대해서, 내면에 들이치는 소나기와 거기서 일어나는 몹시 세차고 폭력적인 충돌, 황홀, 또다시 실패한 행복에 대해서 쓰려던 나.

『프랑스어 보전(Trésor de la langue française)』에서 단어 "Exposition" 항목을 찾아본다. "노출된 것. 일정 표면을 빛을 받을 수 있도록 내어놓는 행위. 보일 수 있도록 배치하는 행위. 시각에 제공된 대상들의 전체. 볼 수 있게 제공된 대상들을 전시하는 장소. 논설을 통해 드러내는 행위. 갓 태어난 아기를 거둬짐 직한 장소에 몰래 유기하는 것. 죽은 자를 전시대에 현시하는 것. 사물명을 주어로 하여, 위험을 거치게 만드는 것. 어떤 사물을 눈에 띄게 하는 것. 사물의 진열된 상태.” C*** 박물관의 학예원을 다시 만나러 가겠다고 다짐한다. 가서 그에게 『프랑스어 보전』의 설명을 내 식대로 ‘사물명을 주어로 하여 모종의 비밀스러운 유기를 배치하는 일(disposer un abandon en secret avec nom de chose pour sujet)’이라 요약, 압축하면서 모든 전시의 기획이 다름 아닌 그것임을 상기시키리라. 스스로의 무질서 속에서, 심지어 스스로의 질서 속에서 글로 쓰일 수(이동시킬 수, 교묘히 빠져나갈 수, 흐릿하게 만들 수) 있는, 오로지 그것 말이다.

전시는 피슐리와 바이스*가 그들의 작업장에서 찍은 작품 〈사물의 진행(Der Lauf des Dinge)〉(1986~1987)으로 시작할 수 있으리라. 이 필름은 타이어가 구르고, 물받이가 넘치고, 김이 새어 나오고, 공이 튀어 오르고, 액체가 쏟아지고, 팽이가 도는 등 일련의 사건들이 전개되는 과정을 기록한 시퀀스 숏이다. 각각의 사건들은 제 고유한 자질들을 보유하지만, 무엇보다 중요한 것은 연속, 다시 말해 통사적 연관이다. 하나의 사건이 다른 사건으로 넘어가는 지렛대 같은 계기가 관건이다. 타이어가 물받이를 치면 물받이는 액체를 쏟아내고 쏟아진 액체는 뚜껑문을 건드려 김을 뿜고 그 김은 물이 담긴 컵에 압력을 가해 누전을 유발하는 식으로. 겉

* Peter Fischli(1952~) / David Weiss(1946~2012). 1979년부터 함께 공동 작업을 전개한 스위스 예술가들.

으로 보기에 작품은 카오스 같다. 재료들이 이질적이고, 관계들은 예상 밖이며, 효과들은 균등하지 않고, 각각의 소소한 사건들은 매 순간 제 사건으로서의 운명에 실패할 위험을 갖고 있으니까. 그럼에도 지배적인 것은 조화이며, 일은 진척되고, 우리는 구성의 원칙 그 자체에 포획된다. 전시된 것은 사건들의 다양성이 아니라 그것들의 엄밀한 집중이자 하나가 다른 하나에 의해 개시되는 방식이다. 여기서 지탱되는 바는 하나에서 다른 하나로의 이행인데, 이 이행은 항상 엉뚱하되 늘 엄정하고, 거의 비가시적이며, 절대적이고 수수께끼 같은 법칙들에 복종한다. 우연과 지식 들에 가해지는 긴 동요로서 글쓰기와도 흡사한 이 연속, 혹은 질료들과 특질들 간의 충돌은 하나의 이야기처럼, 다시 말해 하나의 삶처럼 끝난다. 하여, 약간의 더러운 물이 땅바닥으로 흐른다.

이것은 오로지 자신의 형태에만 연연하는 삶이다. 자기 방으로 물러난 카스틸리오네 부인은 옷을 벗고, 바닥에 그 거대한 헝겊 더미를 떨어뜨리고, 흥미와 의혹을 느끼며 마치 손금을 보듯이 이 더미를, 엄밀히 말해 소재*에 기인할 뿐인 그 기이한 뒤얽힘을 관찰한다. 이런저런 접힘, 이러저러한 주름, 그것들을 그녀는 운명처럼 읽지 않을 수 없다. 색조를

* 그런데 사교계 여인들의 엄격한 복식 예절에서 또한 매우 중요한 것은 천 소재로, 그에 따라 옷차림의 호사가 결정되었다. 오랫동안 인기를 끈 것은 파유 천이고 1880년 겨울경부터는 새로운 새틴의 인기가 파유를 앞질렀다 한다.

맞춰 플러시 천을 덧댄 포플린, 검은 담비로 지은 챙 없는 모자와 토시, 꿩 깃털 띠를 단 자주색 플러시, 친칠라 모피로 장식한 회색 벨벳, 은실로 수놓은 녹색 망사, 금장식 끈이 달린 제라늄색 벨벳 블라우스, 퐁파두르 핑크색*의 비단, 밑단을 브뤼셀 레이스로 장식한 새틴, 새틴 주름 장식을 곁들인 분홍색 망사, 라일락색 또는 연녹색의 파유, 하나의 운명, 1미터의 렙스**나 파유 속에 깃든 이 모든 존재에의 광기를. "사교계 여인이 제반 상황에 적절한 차림을 꾸미려면 하루당 일고여덟 번의 몸단장에 필요한 의상 일습을 갖춰야 한다. 아침나절의 실내복, 산책을 위한 승마복, 도보로 나들이할 때의 외출복, 마차를 타고 나갈 경우라면 방문복, 만찬복, 그리고 야회복이나 관람복이 그것들이다. 이것이 과장된 목록이기는커녕, 여기에 건강에 유익한 운동을 남성과 함께 즐기는 경우라면 해변에 나가는 여름에는 수영복이, 가을과 겨울엔 사냥복과 스케이트복이 추가되어 품목이 더욱 복잡해진다." 그녀는 비비엔로(路)에 있는 로제 부인의 상점에 간다. 바로 옆, 라 페로에 위치한 카롤린 르부의 가게나 팔미르와 비뇽 부인들의 가게에도 들를 것이다. 아마 워스의 양장점이나 가즐랭의 상점에도 갔었으리라. 그보다 확실하게는, 비사교적이고 창의력이 풍부한 사람이었으니, 자택으로 여공들을 불러 지휘하기도 한다. 사람들 말에 의하면 1858년경 홀랜드

* 루이 15세의 애첩 퐁파두르 부인의 이름을 딴 화사한 연분홍색.

** 피륙의 이랑이 보이도록 성기게 짠 질긴 천.

파크에 머무를 때 그녀는 방 여덟 개를 자신의 옷방으로 썼다고. 당시인 1854년에서 1866년 사이에는 페티코트가 절대적 지배를 누렸다. 작센주에서 가장 큰 제작소는 유럽 전역에 900만 점 이상의 페티코트를 공급했다. 그것들의 지지대를 만드는 데 사용된 철사를 다 합치면 지구를 열세 번 감을 수도 있었을 거다. 〈라 비 파리지엔(La Vie parisienne)〉지의 논평을 참조하면, "우리 동시대 여인들 중 아무나 붙들고 그녀가 땅바닥에서 차지하는 자리를 재어보라. 그럼으로써 당신은 사회 계급 내에서 그녀가 차지하는 자리를 잴 것이다." 콩피에뉴에서는 열 벌 남짓한 드레스가 그녀와 함께 여행한다. 황제의 "연속 무도회"들을 위해 특별히 임대된 기차를 타고 노르역에서 출발해서 말이다. 역의 승강장은 대단히 우아한 여인들로 터질 듯하고, 그네들은 각기 자신의 뒤에 이루 말할 수 없이 혼잡을 이룬 궤짝들이며 짐가방들, 상자들, 아수라장 같은 옷더미들, 하녀들과 폭발 일보 직전의 시종들, 무시무시한 내기들, 증오들, 과시를 위해 피 흘리는 뒷방들을 거느리고 있다. 드레스들은 람페두사가 『레오파드』의 유명한 무도회 장면 연도를 동시대인 1860년으로 잡으면서 언급한 저 커다란 궤짝들에 담겨 여행할 것인바, 소설 속 그 무도회를 위해 부인들은 드레스들을 "사람들이 관으로 오인하기 십상일 커다란 검은 궤짝들에" 넣어서 팔레르모로부터 가져오게 한다.

그녀는 자신의 아파트에, 규방에, 침실에, 단장실에 틀어박힌다. 그다음 제 장신구들을 소환한다. 얇은 모슬린, 조잡한 장식품, 현실의 먼지와, 땀과, 과잉. 그녀를 알았던 이들은 모든 것이 바이올렛 향의 준-미광 속에 잠겨 있다고 말한다. 나중에 그것은 죽은 개들의 끔찍한 시취로 바뀔 것이다. 처음은 분홍색이다. 이어지는 건 푸른색 아니면 보라색일 것이다. 그리고 나중엔 검정이 될 것이다, 침대 시트까지도. 가난이 덜 보이도록, 또 오직 어둠만이 그녀에게 여전히 스스로를 볼 수 있도록 해주기 때문에. 어디가 됐든, 카스틸리오네 부인이 (어쩌다 그녀를 매혹시킨) 파리에 도착했을 무렵 그녀의 거리가 된 방돔 광장이든 이후 파시의 작은 집이든, 또는 얼마간의 편력을 거친 후 다다른 캉봉로의 중이층이든, 그녀가 칩거하는 구석진 장소에는 빛이 들어온 적이 없었던 듯하다. 그곳에서 그녀는 쉼 없이 측정하고, 검토하고, 제작하고, 변형시키고, 끝을 낸다. 파리에 도착한 무렵에 카스틸리오네 부인이 쓴 규방을 그린 작은 수채화들이 있다. 당시에는 자기 가정의 내부를 그림으로 남기는 게 유행이었다. 규방의 천장은 낮고 벽과 가구들, 장식품에는 천들이 드리워졌다. 간간이 캔디 핑크빛의 주름이 불룩하니 방울술이나 단추 모양의 장식을 이루고 있다. 별 의미 없는 이 소소한 그림들이 몇 가지 유용한 지형학적 정보를 주기야 하지마는, 그러나 과도한 색깔, 처덕처덕 선정적인 전면 단색으로 칠해진 그 떠들썩하고 수다스러운 분홍은 결국 이미지를 읽을 수 없는 것으로 만든다. 이 분홍, 이 뻔함, 이처럼 교태스러운 소품주의는 부인들을 위한 소규모 방에 흔한 관습을 따른 것일 뿐이다. 거기서는 아무것도 안 보인다. 그런데 어느 날, 나는 로베르 드 몽테스키우에게 귀속된 자료들을 대충 훑어보다 〈명암 효과(Effet de clair-obscur)〉라는 제목이 달린 어두운, 검다시피 한 사진 한 장을 우연히 발견한다. 나는 그것에서 멈춘다. 그리고, 알아본다. 사진의 광기 어린 진실을. 바로 그것이 진짜 방이다. 무덤 너머의 진짜 규방이다. 화장용 탁자, 작은 장의자, 거울, 몇 점의 소품, 좀 더 멀리는 침대, 모든 게 거기 있다, 사진의 작동에 의해 정확하게 확인되되, 마치 꿈속에서처럼. 이 사진에서, 어둠으로 숭숭 구멍 난 기이한 미광 아래 돌연 내 눈앞에 등장한 있는 그대로의 방은 마치 희끄무레한 주름에 덮인 동굴 속 심연 같으며, 주름은 그런 식으로 수의(壽衣)라는 그 방 본연의 성질을 드러낸다. 장의자 위에 방치된 것은 긴 외투 아니면 플러시 천 양탄자의 형상이다. 혹은 제 소용돌이 속에서 납빛 유령을 벼려내는 먼지들의 침잠이다. 또한 거울로 말하자면, 그건 흡혈귀의 입처럼 부들거리는 음산한 표면이다. 그것은 제 물 아래로 형태 없는 초상화를 지탱하니, 그 초상화가 유일하게 진실된 초상이다. 지나간 형상들의 더미, 추억들의 괴물스러운 응고, 이 여인의 진짜 얼굴, 하나의 진정한 얼굴이다.

이 모든 내면의 술책으로부터, 자기 앞에 자기를 재현하려는 그 믿기지 않는 노력으로부터 피곤이 몰려올 때면 그녀는 소파에 누워 쉰다. 그녀를 받아들이는 장의자의 윤곽을 드레스가 완전히 가리는 통에 그녀의 몸은 공중에 이상하게 멎은 채 부유한다. 그녀는 이 포즈를 사진가 앞에서 다시 취하므로, 우리는 사진들을 통해 공중에 호흡 정지 상태로 놓인 듯한 그 몸을 잘 확인할 수 있다. 간혹 그녀가 바닥에 누워 1인용 안락의자의 다리 한쪽에 이상하게 머리를 괸 모습, 벨벳을 씌운 작은 낮잠 의자에 누운 모습, 다마스쿠스 무늬 천을 입힌 휴식용 침대 위에 드러누운 모습을 볼 수 있다. 그녀의 시간이 거기서 지나간다, 창백한 안색, 떨리는 시선, 아무것도 하지 않으면서, 여인들의 바느질 작업도 하지 않고, 그건 그녀 취향이 아니다, 독서도 하지 않고, 그냥 꼼짝하지 않으면서, 무감각 상태에 빠져서, 오로지 꿈만 꾸면서, 오로지 자기 한 사람만을 위해 지나간 과거의 영광과 충족되지 않은 복수와 보잘것없는 승리를 담은 작은 연극을 상연하면서, 그렇게. "곱상하다 할 여자 어느 한 명이 아니라, 무엇보다도 모든 여자들이 내가 그토록 아름답고 그토록 찬미받는다는 사실에 노발대발했다." 작은 목소리로 말해야 하며, 커튼을 치고, 아이는 멀리 두어야 한다. 사람들이 그녀를 면회한다. 신사들이 그녀 머리맡에 와 우울감을 함께 나누는 걸로 자신들의 경의를 표한다. "제가 잘 못 지낸다고 말씀하시는 게 절 도와주시는 일일 거예요." 부인들은 놀란다. 이렇게 깊은 신경쇠약증이라니, 이 그늘, 이 우울이라니, 아름다움에 치르는 대가는 무겁기도 하구나. 이에 거울 앞에서 확인되는 저마다의 불완전함에 도리어 기뻐할 만하니, "전 그처럼 아름답지는 않아도 그처럼 미치진 않았지요"라고, 마틸드 공주의 살롱에서 한 후작 부인은 생각을 가다듬는다. 우울의 마력이 꺼지고 나면, 고맙기도 하지, 남는 건 좀 더 견고한 증상들이다. 열, 갑작스레 얼어붙는 느낌, 기절, 두통, 마비, 불면의 밤들, 때로의 실성(失聲), 때로의 과도한 흥분, 그리고 밤 시간의 파시 거리 배회. 그렇듯 헤맨 끝에 그녀는 그리 멀지 않은 곳에 거주하는 블랑슈 박사의 진료실에서 피난처를 발견한다. 그녀는 보들레르가 말하는 저 현기증 나는 밤의 끝에 누워 있다. "육체적으로나 정신적으로 나는 늘 깊은 나락의 느낌을 가졌다. 잠의 나락이 아닌 행동과 꿈과 기억, 욕망, 회한, 자책, 아름다움, 숫자 같은 것들의 심연을. 나는 즐김과 공포를 통해 내 히스테리를 배양했다."* 바로 이 묘사와 같은 경우다. 동일한 즐김, 동일한 심연, 동일한 공포이되, 다만 그녀에게는 거기서 빠져나올 수 있기 위한 시가 부족하다. 그녀에게 있는 건 히스테리뿐이다, 어렴풋한 기억들뿐이다.

사람들은 마땅히 그래야 할 식대로 그녀를 사랑하지 않았다. 그녀는 망신당했다. 따라서 자신을 아랑곳하지 않는 세상에서 스스로의 현전을 지우게 될 텐데, 세상은 심지어 그 일에 안도하기까지 한다. 그녀는 칩거한다. 첫 번째 유폐는 1858년에 시도됐다. 황제의 마음을 사로잡은 뒤에 그녀는 황후 대신 자신이 황후가 된 것으로 생각했었다. 사람들

* 보들레르의 내면의 기록 『벌거벗은 내 마음(Mon cœur mis à nu)』 중에서 1862년 1월 23일 자 메모의 일부.

은 그녀에게 그게 과장된 생각임을 깨닫게 했고 그런 김에 이탈리아로 돌아가라는 충고를 건넸다. 해서 그녀는 토리노 언덕의 '빌라 글로리아'에 틀어박힌다. 1860년의 겨울에 어느 젊은 외교관, 프랑스 공사관의 비서가 대담성을 발휘해 그녀의 집까지 올라오고, 빙빙 돌며 서서히 접근해 들어가는 이동촬영 같은 방식으로 그 방문 이야기를 한다. "날씨는 우중충하고 하늘은 회색이었다. 이 지대에서 포강은 폭이 바짝 좁아져서 우리 발치에서는 마치 급류처럼 흘렀다. 도시는 눈 덮인 지붕들, 검은 종탑들과 함께 평원 속에 자리 잡고 있다. 우리 가까이, 지평선으로는 꼭대기부터 기슭까지 온통 새하얀 알프스의 긴 띠다. 나무들은 잎을 떨궜고 오솔길들은 낙엽 아래 숨었다. 아름다운 칩거인은 장의자에 누워 있었다. 저 마음 속에는 대체 무엇이 들어 있을까? 그녀에게 그런 건 있지도 않다고 한 이가 여럿이다." 이후에, 그러니까 1861년에 다시 파리로 돌아간 뒤, 또다시 상처를 받은 그녀는(사람들은 그녀를 못 알아보거나, 그녀에게 욕을 하거나, 모욕을 주거나, 시샘한다 등등) 파시의 작은 집에서 은둔하게 된다. 여기서나 저기서나 그녀는 이해받지 못한 것에 지쳐서 늘 자신의 휴식용 침대에 누워 있는데, 어찌나 피로하고 우수에 잠겨 있던지 일말의 구애자들은 이 여인이 자신들에게 절대 주지 않을 모든 것을 구하려다 그만 그 머리말에서 방향을 잃고 만다. 그들은 묘사를 늘어놓고, 온갖 수식을 무릅쓰고, 찬사를 더듬거리다, 마침내 얼빠지고 기진한 모습으로 이렇게 결론 내린다. "그냥 여자일 뿐이다, 그게 다라고!"

이 운 없는 자들은 말문이 막힌 채 과도한 아름다움에 포획되고, 매혹되며, 공포를 느낀다. 그들은 그녀에게 다가가 몸을 떨며 용서를 구한다. "저는 제 영혼의 온 힘을 다해 당신을 원합니다. 이 고백이 당신에게 너무 불쾌하지 않기를 바랍니다." 연인들 중 한 사람은 그녀에게 그런 편지를 쓰는데, 그는 매우 훌륭한 사람이어서 동료들은 그에 관해 이렇게 기록하기까지 했던 것이다. "정념이나 열광으로 빠질 리 없는 섬세하고 세련된 사람." 그녀가 너무 지쳐서 대화를 나눌 수 없을 때면 그들은 낮고 부드러운 목소리로 책을 읽어준다. 그들은 그들의 고전을 집어 든다. 아마도 괴테의 『파우스트 II』*를 들려주었겠지. "그녀를 그토록 응시하는 일은 위험하니 / 그녀는 환영이요, 우상이요, 무이므로 / 생명 없는 그녀와의 마주침은 고통의 전조일 뿐이네." 또는 감정을 삼켜가며 실러의 『숭고론(Über das Erhabene)』을 집었으리라. "**무시무시한 것** 앞에서 우리는 우리의 약함을 의식하고, 마치 우리의 존재가 그에 종속되기라도 한 듯, 속수무책으로 그것이 우리를 지배함을 느낀다." 저런, 붙들렸으니 이제 그들에게 남은 건 죽음이다. 안된 일이다.

그 같은 고독 속에서, 아무 대상 없는 음울한 기다림 속에서 쓰라림으로 비틀거리며 제 내면의 어둡고 더러운 방들을 이리저리 거닐 때, 그녀는 과연 울기도 했을까? 이 여자

* 흔히 『파우스트 I』로 불리는 1808년작이 아니라 괴테가 세상을 뜬 직후에 출판된 1832년의 판본.

가 흐느끼는 걸 상상할 수 있나? 때로 그녀는 자신의 얼굴이 눈물로 일그러지도록 내버려두는가?

이 모든 것은 황실 축제라는 분주한 바탕 위에서 전개된다. 소비에 경쟁이 붙고, 불꽃놀이는 산업이며, 사치가 장려되고, 세계는 속도와 부동성, 철도와 사진이라는 이중의 맹렬함에, 다시 말해 변형의 열정과 동일성의 매혹에 격하게 내몰린다. 그 절정의 예견일은 만국박람회의 개장일인 1867년 5월 1일이다. 피에르루이 피에르송은 사진 섹션에서 〈하트의 여왕(Dame de cœur)〉이라는 제목으로 카스틸리오네 부인의 초상 사진을 전시한다. 사진에서 그녀는 그보다 10년 전, 외국 외무부 장관들을 대상으로 한 1857년 2월의 무도회 때 큰 화제가 됐었던 의상을 입고 있다. 영광의 한 시절은 당시 그녀가 입은 드레스처럼 요란했으니, 이 의상에는 금빛 고리로 엮은 하트들이 솜씨 좋게 꿰매어져 있어 황후마저 그녀에게 쌀쌀한 태도로 "백작 부인, 심장 위치가 약간 낮군요"라는 말을 건네 궁정을 즐겁게 했을 정도다. 피에르송의 사진은 그 무도회로부터 하고많은 세월이 지난 뒤에 찍혔다. 그사이에 일어난 일은 모욕, 망명, 되씹음, 복귀, 되씹음이다. 따라서 그녀는 10년이 지난 후에 다시 촬영소로 향하고 또 돌아온 것이다. 같은 의상을 걸치고, 동일한 헤어스타일을 하고, 작은 연초록색 구두를 다시 신고서, 그녀는 대물렌즈 앞에 등장한다. 됐다. 이렇게 해서 그녀는 시간을 찍었다. 이후 에펠탑이 제 거대한 공허를 투사하게 될 샹드

마르스 광장, 그곳의 공원 한복판에는 일곱 개의 동심원으로 구성된 타원형 단지가 들어섰다. 밤이 되면 르 플레와 크랑츠가 고안한 이 임시 궁궐* 주위로 조명 띠가 밝혀진다. 그 주변에는 다리들, 온실들, 수족관, 갤러리들, 각종 전승비, 터키탕, 역, 지하묘지, 러시아식 통나무집, 연극장들, 중국식 정원, 호수의 거대한 등대, 전설 속의 성채들, 동양풍 여흥거리 등이 너나 할 것 없이 두서도 없고 비현실적인 파노라마 속에, 시장과 박람회장에 한데 뒤섞이는데, 이 전체가 결국엔 트롱프뢰유**인지라 영혼은 차갑게 놓아두고 감각을 미친듯이 뒤흔들며, 지성에 말을 걸기보다는 시선만 현혹시킨다, 라고 기자들은 전한다. 처음으로 예술 작품들이 공산품들과 같은 궁륭 아래에서 소개된다. 카바넬은 〈비너스의 탄생(La Naissance de Vénus)〉***으로 대박을 터뜨린다. 그 그

* 만국박람회를 위해 샹드마르스궁(Palais du Champ-de-Mars)을 디자인한 세 명의 공학자는 피에르 르 플레(Pierre Le Play, 1806~1882), 장바티스트 크랑츠(Jean-Baptiste Krantz, 1817~1899), 그리고 귀스타브 에펠(Gustave Eiffel, 1832~1923)이다.

** trompe-l'œil. 실물인 줄 착각하게끔 눈속임 기법으로 제작된 그림이나 디자인.

*** 미술사에서 1863년은 나폴레옹 3세가 살롱전에서 탈락한 작품들만 모아 전시하게 한 '낙선전'으로 중요한 해이기도 하다. 에두아르 마네의 〈풀밭 위의 점심 식사(Le Déjeuner sur l'herbe)〉가 낙선전 출품을 계기로 명성을 얻고 새로운 회화(인상주의)의 길을 활짝 열었다면, 아카데미 화풍을 구사하는 알렉상드르 카바넬(Alexandre Cabanel, 1823~1889)은 〈비너스의 탄생〉으로 같은 해 살롱전에서 금상을 거머쥐고 황제의 크나큰 지지를 받았다.

림이 아니면 〈실낙원(Le Paradis perdu)〉으로 그랬던가. 거기서 몇 걸음 떨어진 프로이센 섹션은 크루프 씨가 제작한 거대한 대포*를 전시하고, 한 잡지는 이에 대해 자세한 설명을 붙인다. "전과 달리 사람들은 흔히 우아하고 예쁘장스럽기까지 한, 문장을 넣어 풍성하게 장식한 포들 앞에 멈춰 서지 않는다. 부인들조차 거대하고 놀라운 현대식 대포 이야기만 듣고 싶어 한다. 그들에게 필요한 건 에센의 대규모 강철 주물 공장에서 생산되는 유형의 후장식** 대형 포들이다." 그날, 그녀 자신도 프로이센의 게오르크 왕자와 팔짱을 끼고 그 노리쇠 근처까지 자신의 미모를 이끌고 나간다. 그들은 그 앞에서 발걸음을 멈추게 되었으리라. 그 화기를 어떻게 다루는지, 아마도 왕자가 쓸데없는 은유를 배제하고 세심하게 설명해주었으리라. 사람들은 갤러리로 오르거나 큰 유리창 아래에 자리하거나 가족 단위로 **대자본**의 경사면들을 여행한다. 그러면서 그처럼 볼거리 밑에 교묘하게 감춰진 대량의 축적 앞에서 사람은 다만 뺄셈을 통해서만 존재할 수 있다는 사실을 막연하게 예감한다. 전시 주최자들은 이렇게 말한 바 있다. "관객에게는 그의 상상력을 강타하는 웅대한 발상이 필요하다. 그들은 몽환극과 같은 눈요기를 보고 싶어 하지 일률적으로 분류된 유사품들을 보고 싶어 하는 게 아

* 뛰어난 주강 기술력을 보유한 독일 에센 지역의 크루프(Krupp) 가문은 1840년대부터 세계 최초의 강철 포신 대포를 제작했다.

** 소총이나 대포의 뒷부분에 있는 폐쇄기(노리쇠)를 열어 탄약을 장전하는 방식.

니다.” 주최자들이 원하는 바는 단지 온갖 산업적이거나 상업적인 재화를 한 자리에 모아놓는 일이 아니라, 공쿠르 형제가 말한 “물질 연맹”을 조직하는 일이 아니라, 대상 일체를 상품으로 변형시키는 일, 상품을 몽환극으로 변모시키는 일, 결국 실재를 페티시로 전환하는 일, 대상의 유골 위에서 축제를 벌이는 일인 것이다. 사람들은 쳐다보되 만지지 않는다. 이것이 미묘한 교환가치의 법칙이다. 이렇게 해서 그녀는 왕자 전하의 팔에 매달려 그 사실을, 자기 자신의 몸을, 제 실재하는 몸이 사진에 의해 해체돼 트롱프뢰유의 영광으로서 제공되는 현상을 확인하러 간다.

박람회가 끝나고 거대한 홀들과 넓은 유리창들이 거둬지자 밀폐된 살롱들이 남는다. 그곳에서 사람들은 자기기만에 새로운 형태의 볼거리들을 고안해줌으로써 기분 전환을 도모한다. 제2제정하에서 벌어지는 자선사업은 사교적 여흥의 기회를 수두룩이 제공해서, 사람들은 희생자들을 위해, 전염병을 위해, 수재민이나 고아들을 위해 변장하고, 퍼레이드를 벌이고, 춤을 춘다. 흥행 수입을 올릴 온갖 발상을 하고, 자신들이 증오하는 것을 찬양하고, 선의의 잔혹한 횡포 속에서 피로를 달랜다. 그들은 조그만 일에도 기꺼이 보편적 관용의 성대한 살롱을 열리라. 하지만 그러려면 자신에게 혹독한 고통을 안겨야 한다. 그 어떤 모욕 앞에서도 뒷걸음치는 법 없이 캐스팅을 하고 극작술을 발명해야 한다. 이렇게 해서 1863년의 어느 날, 자기 저택의 커다란 계단에서 문득 계시를 받은 황제의 사촌 스테파니 타셰르 드 라 파주리 백작 부인은 이런 세상에, 이건 확실히 돼! 하는 마음가짐으로 부랴부랴 파시 지역, 니콜로로(路)의 카스틸리오네 부인을 방문한다. 그녀는, 지나는 결에 카스틸리오네 부인의 집이 "보잘것없고, 부르주아적이고, 가구가 제대로 갖춰져 있지 않으며 거의 가난한 상태"라고 생각하면서, 은둔하는 미녀를 설득해 약간의 힘을 보태게 한다. 그녀는 일기에 카스틸리오네가 온다고 하면 "표를 파는 데 강력한 미끼"가 될 거라고 적는다. 부인의 등장 소식에 파리 전체가 흥분한다. 신문들은 그녀가 "빈자들을 향한 사랑으로 관객들 앞에서 베일을 벗어줄 것"을 부르짖는다. 구미 도는 소식이렷다, 표 판매기는 빙글빙글 돌아간다. 자선 파티는 바르베드주이로의 메옌도르프관에서 열린다. 사람들은 그녀가 나체이기를 바란다. 그녀가 배경 장식을 동굴로 해달라고 요구했다는 소문이 돌았고, 그래서 사람들은 그녀가 동굴의 모티프를 그린 배경 천을 바탕으로 님프나 세이렌처럼, 또는 앵그르의 〈샘(La Source)〉처럼 전라의 모습일 거라 상상한다. 홀이 꽉 찬다. 휘장이 오르자, 어처구니없어라, 모습을 나타낸 것은 결이 거칠고 엄숙한 카르멜 수녀회의 복장에 이마와 턱을 머릿수건으로 가린 적대적인 얼굴, 뻣뻣한 자세로 암자 문턱에 서 있는 수녀다. 재생지로 제작한 동굴 위에는 작은 게시물이 다음과 같이 가리킨다. "파시의 은자." 침묵이 흐른다. 과연 효과가 있는 장면이다. 곧이어 사람들은 정신을 차리고 분개하며 그녀에게 휘파람을 불고 야유를 보낸다. 그녀는 불만에 찬 태도를 진심으로 연기하면서 가버린다.(아마도 "아, 비열한 작자들 같으니!"라고 말했을 법하다.) 하지만 모든 이가 자신이 맡은 역할을 최상으로 이행한 셈 아닌가, 오해는 절정에 달하고 금고는 가득 찼으니까.

다른 경우에, 곧 "살아 있는 조상(彫像)"이라 일컬어진 촬영에서 그녀는 몸의 일부를 노출한다. 팔, 발목, 한쪽 넓적다리, 한쪽 가슴. 그녀는 이런 편린들 중 일부를 주물로 떠 가끔씩 숭배자들에게 선물하게 될 것이다. 그녀 사후에 몽테스키우 백작은 1901년의 경매에 나온 그것들을 매입해 진열장 안에 소중히 보관하게 될 것이다. "이 여인의 생애는 살아 있는 그림, 영구히 살아 있는 그림의 기나긴 과정이었을 따름이다." 여인은 몇몇 이들, 저녁에 이 은둔자를 찾아와 그 곁에서 살롱을 여는 이들에게는 나신을 보여주기도 했다. 권태로워지면, 혹은 대화가 시들해지면, 그때 그녀는 나체, 그 조커를 꺼낸다. 그녀는 자신의 벌거벗은 몸을 보여주리라. 그녀는 자리에서 사라지고, 오랫동안 준비를 하고, 이어 나타난다. 지금부터 전시다. 그녀는 베일들을 하나하나 떨어뜨려 맨몸을 드러낸다. 그녀는 자신이 하나의 벗음이라고 믿지만, 실은 제 알몸을 보여준 것에 불과하다. 그녀는 스스로의 피부에 다시 붙들린다. "체, 그녀는 땀 냄새를 풍겼어"라고 가스통 드 갈리페 장군은 말한다. 스당*을 앞에 두고 저 유명

* 스당 전투는 1870년 9월 1일에 발발했다. 나폴레옹 3세는 12만 병사와 대포 560문을 보유하고 전투를 지휘했지만

한 기병대의 돌격을 지휘한 그이 말이다. 별것 아니다, 그녀는 다음 사진 촬영 때 설욕하리라. 사진들엔 냄새가 없다.

로베르우댕은 자신의 마술 기법 입문서 6항에서 이렇게 조언한다. "더구나 당신이 어느 지점에서 성공하지 못했든 그 실수를 털어놓지 않도록 주의해야 한다. 오히려 침착함과 쾌활함, 원기왕성함으로 응하라. 임기응변을 발휘하고 능란함을 배가하라. 그러면 당신의 자신감에 판단력이 흐려진 관객은 아마 그 마법이 그런 식으로 끝나야 하는 것인가 보다고 생각할 것이다."

전시는 기욤 파리*의 〈현현적 물질 4(Theophanic Matter IV)〉(2000)로 시작할 수도 있으리라. 그것은 방향용 젤을 30×30×30센티미터 크기로 깎아 만든 진초록색 입방체**로, 거의 발광체에 가까우며 전시 기간 동안 기화해 형태가 점차 변한다. 응축되고, 단단해지고, 속에서부터 검

최종 승리는 그보다 더 큰 병력과 화력을 보유한 상대국 프로이센에 돌아갔다.

* Guillaume Paris(1966~). 이른바 후기 개념주의 미술을 지향하며 다양한 영역에서 활동하는 작가. 파리 국립고등미술학교(École Nationale Supérieure des Beaux-Arts de Paris)의 교수로 있다.

** 이 부분에서는 레제가 〈현현적 물질 5〉와 색을 착각한 것으로 보인다. 〈현현적 물질 4〉는 본문에 제시된 크기의 '울트라마린'색 입방체이며, 60×60×60센티미터로 제작된 〈현현적 물질 5〉가 진초록색 입방체이다.

어지고, 그러는 과정에서 형태는 해체되고 완만히 무너진다. 그럼에도 그것은 제 안에 최초의 입방체의 관념을 줄곧 간직한다.

사람들이 그게 그녀라고 말한다. 16호실의 방문객은 더욱 줄었다. 내 앞에는 여전히 두툼한 도록들이 놓여 있고 나는 천천히 그것들의 페이지를 넘긴다. 평가원들이 내 어깨 너머로 들여다보며 피에르송의 작품으로 추정되는 수수께끼 같은 사진 한 장에 대해 논평한다. 그들은 내 의견을 알고 싶어 한다. 그래서, 이 사람은 그녀일까요, 아닐까요? 한 여자가 벌거벗고 있다. 얼굴부터 무릎까지는 흰 망사 속에 단단히 파묻었고, 한 손은 허리에, 다른 손은 자신이 선 옆의 작고 불룩하며 키 낮은 안락의자에 얹었다. 그들은 그게 그녀라고 말한다. 그런 후 망설이다 말을 고치며 그것이 그녀이기를 바란다고 실토한다. 판매를 위해서죠. 사진에는 날짜가 없다, 하지만 그것이 카스틸리오네가 피에르송의 촬영소에 다니던 시절과 동시대 것임은 안다고. 이상한 사진이다, 이편에서는 교묘히 배치한 망사 자락의 밀도 아래로 얼굴과 시선을 가리고, 좀 더 아래쪽, 이편에서는 은폐의 공식에 따라 아주 가벼운 불투명함 밑으로 가슴과 배, 성기를 드러낸 이 얼굴 감춘 여자의 이미지는. 한 사람이 내게 말한다. "굉장히 현대적인 사진이죠. 초현실주의자들이 찍었다고 해도 될 정돕니다." 얼굴은 망사의 두께에 가려져 있지만 그럼에도 그것이 대물렌즈를 응시 중이라는 사실은 짐작이 된다. "몸의 자세가 줄곧 시선을 기준으로 결정되고 있어요." 다른 사람이 검지로 여인의 얼굴을 누르며 그렇게 말한다. 그가 손가락을 떼자 사진 보호용 플라스틱 덮개 위에 습기 자국이 가볍게 남는다. 나는 마치 그가 손가락을 거두면서 베일의 불투명성을 덜어내 여인의 용모가 약간 드러나도록 만들기라도 한 것처럼 얼굴이 있는 위치를 뜯어본다. 우리는 그녀를 볼 수 없지만 그녀는 우리를 응시하고 있는 것이 분명하다. 이 장면은 어떻게 구성됐을까? 포즈는 여인 자신이 제안한 것일까? 어떤 남자가, 연인이나 사진가가 그녀를 그렇게 신부 드레스를 흉내 낸 망사 밑에 나체로 세우고 포즈를 취하도록 이리저리 다뤘을까? 그녀는 그것을 즐겼으리라. 혹은 웃기는 해도 즐기지는 않았으리라. 그러는 사이 촬영소의 복도에서는 제대로 접합되지 않은 칸막이벽 뒤의 또다른 누군가가 마음껏, 그 장면을 들여다보고 있다. 나다르의 작업실, 느닷없이 반쯤 열린 문 사이로 분홍색 비단 수영복 차림의 카라망시에 공주가 나체 사진의 포즈를 잡는 광경을 목격하고 자신이 포착한 장면을 아버지에게 옮기는 준비에브 말라르메라도 되듯이.(그녀는 자신의 아버지*가 장면을 잘, 실로 잘 연상할 수 있도록 "아랫배랑 엉덩이가 얼마나 멋지던지요!"라고 쓴다.) 망사의 부인은 더 이상 웃지 않는다. 이제, 베일 밑에 감춰진 그녀는 남자가 알지 못하게 그를 바라본다. 제 얼굴 표정을 가다듬느라, 부드럽고 아름다운 사람인

* 다시 말해 상징파 시인 스테판 말라르메(Stéphane Mallarmé, 1842~1898).

척하느라, 상대방의 환심을 사느라, 그가 당신을 바라보도록 하느라, 그러면서 사진 속 카스틸리오네, 그처럼 기울인 얼굴로 유인하고 끌어들이고 놓아주지 않는 카스틸리오네 부인인 양 당신을 사랑하게 만드느라 수고를 기울일 필요가 더는 없다. 빛나는 망사 뒤에는 어떤 얼굴, 어떤 시선이 있는 것일까? 사람들이 우리를 쳐다보지 않을 때 우리가 갖는 얼굴, 냉담한 얼굴, 맹인의 시선, 얼빠진 얼굴, 괴물의 얼굴, 어쩌면 격노해서 거품을 뿜는 낯이 거기 있겠지. “그래서, 그녀입니까, 아닙니까?” 아뇨, 당연히 아닙니다. 나는 그들을 주목하게 한다. 이 부분의 발목하고 여기 이쪽 팔을 보세요, 체형이 다릅니다. 이 사람은 손목과 발목이 더 가늘어요. 피부도 더 거뭇하고요. 난 주저하지 않으려고, 내 확신을 보여주려고 애쓴다. 사진들끼리 비교하고, 세부를 따지고, 논거를 제시한다. 마치 내게 익숙한 신체에 대해 말하는 것처럼 군다. 그들이 내게 말한다. “선생님은 그녀를 잘 아시는군요.”

다른 이가 쳐다본다는 사실은 간과할 사항이 아닙니다. 재차 똑같은 얘길 해보지만 정부의 특임을 받은 이 사람은 들으려 하지 않는다. “카스틸리오네 부인이 지금 시대 사람이라면 신디 셔먼 같은 작품을 만들었을 겁니다”라고 말하며 그는 자기 책상 뒤편 선반에 올려진 책 더미를 이리저리 옮겼다. “그녀는 사진작가가 되었을 거예요. 혹은 그냥 디지털카메라를 사서 자기 사진을 찍었겠죠. 그리고 신디 셔먼이 일기장에 쓴 것처럼 그녀 또한 글을 썼을지도요. 신디 셔먼의 일기를 아십니까? 셔먼은 '나르시시즘을 가지고 놀기 / 리얼한 자기 초상'이라고 적었어요. 아니면 그 비슷한 말이었든가요. 당신의 카스틸리오네와 완전히 같은 경우죠." 이때 누군가가 문을 두드린다. 나는 그가 대답하기를 기다린다. 하지만 그는 책을 다시 내려놓고 말없이 책상 앞에 앉더니 자신 앞에 놓인 서류를 펼친다. 그러고 불현듯 구부린 자세가 되며 눈앞에 드러난 첫 번째 자료를 검토하는 데 열중한다. 사선의 줄무늬가 있는 그의 넥타이가 책상의 유리 상판에 닿아 둥그렇고 무기력하게 말린다. 다시 문 두드리는 소리가 난다. 그가 손에 서류 중 한 장을 쥐고 안락의자에서 몸을 젖힌다. 그의 얼굴엔 최대한 주의를 기울여 읽는 흔적이 완연하고, 나는 고개를 돌려 문을 바라보고, 그는 읽는 걸 멈추고, 종이를 내려놓고, 책상 쪽으로 기대며 두 손을 모아 제 앞에 놓은 다음, 독려하는 표정으로 눈썹을 치켜뜬 채 미소를 지으며 날 바라본다. 대화가 계속되어야 할 텐데. 난 사진가가 앞에 있다는 사실이 그가 생각하듯 무시해도 좋은 게 아니라고 되풀이해 말한다. "한 남자가 바라본다는 사실은 간과할 사항이 아네요. 안 그래요?" 하지만 그는 내 말에 귀를 기울이지 않는다. "뭐가 바라본다고요?" 나는 같은 말을 다시 한다.

남자들이 사라지고 나서, 연인들을 내보내고 난 후에 남는 단 한 사람이 있다면, 그건 바로 피에르송이다. 이 서비스업자 말이다. 그는 그리 중요하지 않게 여겨질 수도 있으리라. 어쨌거나 서비스 제공자에 지나지 않으니까. 그럼에도, 그녀가 제 얼굴이 거울에 보이는 얼굴, 미쳤거나 이미 완전히 죽은 그 얼굴이 아니라는 점을 확인하기 위해 찾아가는 곳은 바로 그의 면전인 것이다. 온화한 영웅 같은 피에르송. 확신 없는 시선에게 이이는 암실이라는 피난처에서 종이의 반사면을 내밀며 공격을 막아주는 진정한 페르세우스다. 몇 년 후에 몽테스키우 백작은 그를 방문해 긴 시간 대화를 나눈다. 사진가는 그에게 몇 가지 일화를 들려준다. 가령 하루는, 두 차례의 포즈 시간 중간에 틈이 나 그가 촬영소 안뜰의 자갈 깔린 오솔길을 평화롭게 청소하고 있는데, 그녀가 이런 말을 하더라나. "당신은 신이 당신으로 하여금 유사 이래 가장 아름다운 여자와 협업하도록 예비하셨다는 사실을 잘 알고 있나요?"(그는 아무 대꾸도 없이 그녀를 쳐다본 다음 청소 일을 계속했다.) 또 그는 그녀가 절대 말을 듣지 않고 제 생각대로만 하려고 해서, 그녀 자신이 빛인데 왜 따로 빛을 고려하느냐는 식이어서 자신이 그만 머리털을 쥐어뜯었을 정도였다는 얘기도 들려준다.(당시에 피에르송은 개론서 『사진, 그 발견의 역사(La photographie, histoire de sa découverte)』를 집필하는 중이었다. 그 책에 의하면 "빛은 다루기 힘든 도구라 사진의 욕망에 결코 완전히 복종하지 않는다".) 이 부인의 집사쯤으로 치부될 법한 유능한 상인, 능숙한 기술자인 그는 따라서 정녕 빌리에 드릴라당의 소설에서 이상을 벼리며 미래의 이브를 추구하는 에디슨에 맞먹는 인물이다. "나는 빛의 숭고한 도움을 받아 이 여인을 엄밀히 재현하고 그 분신을 추출해낼 것입니다! 빛의 **발광 물질**에 그녀를 투사한 후, 당신의 우울을 이용해 천사들도 놀라 마지않을 그 새로운 피조물의 가상적인 혼을 밝힐 것입니다. 나는 **환영**을 거꾸러뜨리겠소! 그것을 가둘 겁니다. 그 영상으로부터 **이상** 그 자체가 표출되어 나오도록 힘을 가할 겁니다." 그런가 하면 그녀, 카스틸리오네 부인은 자신의 연구실에서 사진 실험을 사실들, 오로지 사실들만을 얻어내기 위한 기술로 삼는 클로드 베르나르와 차라리 닮았다. 이 두 사람은, 각기 나름의 방식으로, 전면적인 무질서의 한복판에서는 암실 속 유폐만이 유일하게 가능한 장소라고 생각한다. 그들이 아무것도 이해 못 함에도 암중모색을 통해 질서를 부여하는 장소가 바로 암실인 것이다.

루이즈 부르주아가 자신의 사진을 찍기 위해 메이플소프를 방문할 때, 그녀는 불안감을 진정시켜줄 물건 두 개를 함께 가지고 간다. 원숭이 가죽으로 만든 외투와 제목이 〈소녀(Fillette)〉인 자신의 커다란 남근 조각품이 그 둘이다. "작품 중에서 하나를 선택한 이유는 내 작품이 나라는 개인보다 더 나 자신이기 때문이다. [⋯] 나는 사람들이 재난에 대비하는 것과 같은 이치로 그것을 집었다. [⋯] 난 내가 가져온 것들을 신뢰했으며 [⋯] 그 점이 날 안전하게 해주었다."

이따금 그녀는 고마움에서 우러난 행동을 한다. 긴장을 풀거나, 웃거나, 사진가에게 사의를 표하며 보석을 한 점 선

물한다. 자갈 깔린 오솔길을 좋아하는 그니까, 금으로 만든 갈퀴를. 그리고 몽테스키우, 자신을 위해 어떤 것이든 살 수 있는 남자, 그윽한 취향을 가진 남자, 섬세한 수집가로서 세련 그 자체라 할 수 있는 몽테스키우 백작은 이 장신구를 언급하며 다음의 말을 남긴다. "그 패물을 봤는데, 그것이야말로 내 인생에서 갖고 싶었던 유일한 물건들 중 하나였다." 그토록 교만하고 방약무인한 몽테스키우 백작이 〈게임의 규칙〉에서 오르골을 내보이던 라 셰네 후작만큼이나 미묘한 몸짓을 써가면서, 다시 말해 제 애착의 대상이 무엇인지 털어놓는 순간 느닷없이 노출되고 약해지는 스스로에게 당황하여 거의 변명하다시피 하는 그 후작처럼 얼굴을 붉히며 이 문장을 말했다고 상상해보자. 그럴 때 몽테스키우 백작의 조각같은 얼굴에 순간적으로 어떤 분위기가, 미에 해당하는 어떤 것이, 라 셰네 후작을 연기한 배우 마르셀 달리오의 매력이 떠오른다. 달리오의 얼굴이 기운 각도, 스스로의 쾌락을 내어주는 동시에 붙드는 그의 방식, 그의 표정에 감도는 전적으로 미묘한 당혹감은 고백의 윤곽을 섬세히 누그러뜨린다. 금으로 만든 작은 갈퀴, 오르골, 세부들, 사물들의 비밀 안에 감춰진 어떤 진실. 내 인생에서 갖고 싶었던 그 유일한 것.

사진가는 이렇게 말할 수도 있었으리라. "카스틸리오네 백작 부인은 곧 나다."* 부인으로 말하자면, 그녀는 모델

* 플로베르가 "보바리 부인은 곧 나다(Madame Bovary, c'est moi)"라고 했다 일컬어지듯이. (고증에 의해 플로베르는 그런

이 아니다. 사람들은 그녀에게 지시를 내리지 않는다. 그녀의 입을 다물리지도 않는다. 부인의 사진가는 바닥에 뒹구는 여인 위에 올라타 그녀를 내려다보며 몸을 이리저리 뒤트는 〈욕망(Blow up)〉*의 사진가처럼 굴지 않을 것이다. 〈욕망〉에서는 더, 더, 그 자세 그대로, 좋아, 정말로 좋아, 계속해, 계속, 계속 그렇게! 라는 사진가의 말에 여인이 한 치의 오차 없이 복종한다. 그러나 아니다, 그들 사이에서 이것은 주마다 이행되며 몇 가지 실제적인 규칙을 중심으로 조직되는 만남이다. 돈벌이의 문제고 점진적 드러남의 작동을 위한 계약이다. 그 나머지, 예를 들어 사랑 같은 건 덤으로 딸려 온 사항이겠다. 몇 년 후에 그녀는 거의 60세에 이르고, 필시 오래 전부터 병이 들었고, 몸은 반죽 같고, 치아들은 빠졌으며, 입술은 사라져 보이지 않고, 아무런 상상력도, 포즈의 감각도 남지 않았다. 그래도 그녀는 여전히 사진기 앞에 서기 위해 오고, 그러면서 말하길, 그 말을 다시 몽테스키우 백작에게 옮긴 이는 피에르송인데, 그녀는 말하길, "정면으로는 더 이상 안 되지만 측면으로는 아직 할 만하다". 그녀는 안다. 그녀는 그곳에 가고, 부분적으로, 혹은 측면으로, 그런 식으로 스스로를 다시 붙들고자 한다. 그녀는 그곳에 가고, 몸을 쭉 편 후에, 그보고 자신의 뒤편에서 창백한 맨다리를 찍어달라

말을 한 적이 없다고 밝혀졌지만, 이 문구 자체는 무척 유명한 것이 되었다.)

* 미켈란젤로 안토니오니(Michelangelo Antonioni, 1912~2007) 감독의 1966년 작품.

고 한다. 꽉 쓰러진 몸에 달린 것 같은 다리들이다. 사진은 한 세기도 더 지나고 난 후에 내 눈앞에 놓인다. 사진들이 보여주는 것은 한 남자의 시선 아래 노출된 어떤 혼란스러운 완고함, 정신적 동요, 잔인함, 혹은 고독이다.

『환영의 아프리카(L'Afrique fantôme)』를 읽는다. 나는 도공족의 가면 의식을 해독하려는 미셸 레리스*의 노력을 한 걸음 한 걸음 따라간다. 그는 1931년 9월 30일에 처음으로 "가면의 어머니"에 대한 이야기를 듣는다. 그게 뭘까? 도대체 그처럼 무서운 명칭 뒤에는 무엇이 숨어 있는 걸까? "그날 밤, 가면의 어머니가 울었다. 가면의 어머니란 사람들이 구덩이 속에 간직해둔 작은 쇠 기구를 말한다. 그것은 죽음의 징후다." 이어지는 몇 주 동안, 눈물을 장착한 이 이상한 것은 이렇게 모습을 바꾼다. "사람들이 그것을 '어머니'라고 부르는 이유는 그것이 가장 큰 것이며 여자들과 아이들의 피를 마시기 때문이다." 좀 더 후에는, "그녀는 어느 나무 근처의 바위 틈에 누워 있는 듯하다". 그녀의 키는 무섭게 커서 그 형상이 시선을 벗어난다, 그녀의 존재는 접근이 불가능하다, 사람들은 그녀를 알지 못하며, 그녀는 제 굴 속에 칩거한다, 그녀는 두려움의 원천이다. 더 지나고 나서 그는 그

* Michel Leiris(1901~1990). 프랑스의 초현실주의 작가, 문화비평가, 인류학자. 국립과학연구소(Centre National de la Recherche Scientifique, CNRS)의 민족지학 연구 수장을 지냈다. 『환영의 아프리카』는 그의 1934년작.

너가 게걸스레 뜯어 먹는 존재이자 때로 뜯어 먹히기도 한다는 사실을 알게 된다. 더 지나고 나서 그는 그녀가 개들을 제물로 받고 해골 침대에서 쉰다는 사실을 알게 된다. "예전에 그녀는 사람 제물을 받았었다." 경악을 안기는 것은 이 개체의 피와 무시무시한 힘이라기보다 제 은신처의 어둠 속에 숨어 움직이지 않는 피조물의 비밀과 가장, 그리고 음험함이다. 문 뒤편에 이름 없는 거대한 존재가 있는데, 형태가 끊임없이 바뀌는 그것은 잔인하고, 숨어 지내며, 저 스스로의 몸뚱이로 인해 눈이 먼, 과도와 결핍에 의한 괴물이다. 어쩌면 이것은 꼬마 조르조 디 카스틸리오네의 악몽을 닮았을 것이다. 그든 다른 아이든, 늘 어머니의 시선 아래 있음에도 어머니에게 잊히는 어린애의 악몽을.

보자. 그녀다. 참기 어려운 시취가 풍기는 가운데, 사진가가 성유물함이 안치된 침대 앞에 조명을 설치한다. 늙은 카스틸리오네 부인은 죽은 반려견의 유해 주변에 마른 꽃다발들과 양산, 자신의 이니셜이 수놓인 쿠션들, 사진들, 부채와 패물들을 펼쳐놓았다. 그녀는 무릎을 꿇고 머리를 두 손으로 감싼 후 애도의 장면을 다시 연기한다. 그녀는 사물들 와중의 사물, 부패 가운데에 있는 썩은 육체, 그리고 마침내, 자신의 형언할 수 없는 아름다움에 유일하게 가능한 무덤이 된다. 피에르송은 이 아비규환 같은 부패의 장면을 몽테스키우 백작에게 전한다. 그가 그 장면을 들려주었다고, 그래, 그럴 수 있다, 우리는 별다른 위험을 치르지 않고 많고 많은 세부를 상상할 수 있지 않은가. 한데, C*** 박물관의 수장고에 가면, 그걸 직접 볼 수가 있다. 그녀는 정말로 그렇게 했다. 그 일이 사실임이 확인된다. 우린 우리가 결코 보아서는 안 될, 하지만 그녀가 아름다움을 보여주는 일과 다를 바 없이 보여주는 것을 본다. 쓰라린 광기가 일탈했을 때의 이면, 그 음울한 장면을 본다. 먼지투성이 잡동사니의 한복판, 사진의 중심에서 죽은 짐승의 흐릿한 눈이 우리를 응시한다. 그녀는 거의 30년에 가까운 시간을 개들과 망령들이 붐비는 고독 속에서 보냈다. "내 인생은 비천하고, 나쁘고, 추하게 끝날 것이다" "내가 원하는 건 침묵과 어둠일 뿐이다". 그녀는 남편을 잃었고, 아들을, 어머니를, 가장 가까운 친구들을 잃었다. 다른 사람들은 멀어졌다. 아파트는 누추하다. 영구대(靈柩臺) 같은 구석, 이라고 몽테스키우 백작 역시 일컫기도 했다. 지금은 개들이 썩어가고, 그녀의 육체는 허물어져 죽음이 심술궂게 다가온다. 와해를 기록하는 검은 상자만이 여전히 그 자리에 있다. 자기 자신에 대한 이 도를 넘어서는 사진, 죽은 개를 위한 성유물함을 그녀는 어떻게 찍었을까? 코르사주의 낡은 속옷들을 꽉 조여 입고서? 입맞춤과 눈물에 젖어서? 그녀는 기도를 올리며 불결한 사물, 곤죽이 된 개 위로 몸을 수그리고, 유일하게 훼손되지 않은 개의 한쪽 눈만이 벌레들 위에 클립으로 고정한 보석처럼 잔존한다. 스스로의 아름다움에 의한 도취, 황홀경 이후에 그녀는 비천으로 취한다. 나는 22×16.8센티미터의 이 사진을 바라본다. 무엇이 그녀에게 속한 것이고 무엇이 내게 속한 것인지 모르겠다. 이 사진들이 내게 안기는 두려움 전체가 그 사실에서 온다. 이 여인 앞에서, 그토록 많은 가면과 가장에 숨겨져 있을 뿐만 아니라 다시 그 밑으로 죽음과 게걸스럽게 혼합되어 있는 그 끔찍함 앞에서 느껴지는 일체의 공포가 그 사실에서 유래한다. C*** 박물관의 지하실, 나는 그곳에 그 사진이 있다는 걸, 거기 있는 게 바로 그 사진이라는 걸 안다.

가면이 벗겨지자 지킬 박사는 마침내 고백한다. "그러나, 거울 속의 이 끔찍한 우상을 주시하는 내게는 혐오감이 조금도 들지 않았다. 반대로 나는 그것을 쾌히 받아들였다. 내가 바라보는 그것 역시 나 자신이었다."

생이 끝나갈 무렵에는, 사람들이 그렇게 전하며 또 여러 증언들이 그 사실을 입증하는데, 그녀는 당시 준비 중이던 1900년 만국박람회의 한 관에서 자신의 사진을 전시하는 꿈을 품었다. 옥소와 거대한 바람의 효과를 이용, 승선한 여행객들을 빌프랑슈쉬르메르에서 콘스탄티노폴리스까지 실제 이동 없이 데려가줄 〈마레오라마〉*와 관람객을 가상의

* 〈마레오라마(Maréorama)〉는 1900년 만국박람회에서 선뵌 대형 오락 시설. 광고 포스터 제작자인 위고 달레지(Hugo d'Alesi)가 움직이는 파노라마 그림과 거대한 이동 플랫폼을 조합해 제작했다.

열기구 세계 일주 여행으로 이끌 그리무앵상송 씨의 〈시네오라마〉* 사이에서, 그녀의 전시는 〈금세기 최고의 미녀(La Plus Belle Femme du siècle)〉라 명명될 것이었다. 그녀는 친구들에게 편지를 보내 자신이 매우 규칙적으로 보내줬던 사진들을 되돌려달라고 줄기차게 요청했다. 박람회 조직자들과 얼마나 많은 양의 서신이 교환됐을지 한번 생각해보자. 그녀는 악착같이 협상했을 것이다. 반드시 컬렉션 전체를, 아니면 **아무것도 줄 수 없다**고. 그녀에게 할애된 건 샹드마르스 광장 끝의 작은 건물이었던 것 같다. 포스터가 하나 붙었던 듯하고, 그녀는 그 포스터에 어떤 사진을 쓸지 오랫동안 망설였으리라. 피에르송은 〈스케르초 디 폴리아(Scherzo di Follia)〉라 제목 붙인 사진을 추천했을 것이다. 그녀가 타원형의 틀을 한쪽 눈 앞에 대고 그것을 통해 우리를 바라보는, 바로 그 사진이다.** 이후로 그것은 사진 자체의 상징이 되었지만, 당시의 그와 그녀는 그 사실을 알 수 없었다. 그녀 자신은 같은 시리즈 중 다른 작품을 더 선호했을지도 모른다. 자신의 멋진 옆얼굴과 노출된 어깨, 그리고 팔, 그림자에 의

* 영화사 초기의 발명가 그리무앵상송(Raoul Grimoin-Sanson, 1860~1941)이 고안한 〈시네오라마 1900(Cinéorama 1900)〉는 영사기 열 대를 원형 돔 형태로 설치해 동시에 돌리는 세계 최초의 멀티스크린 시스템이었다.

** '사진'의 엠블럼이라 일컬어지는 이 대표적인 작품은 대략 1863년에서 1866년 사이에 제작되었다. 같은 제목(직역하면 〈광기의 농담〉)으로 찍은 일련의 사진들 중 하나다.

해 팔꿈치의 보조개가 미묘하게 강조되는 그 벨벳 같은 팔을 볼 수 있는 사진을. 다른 이들의 경우 뼈가 도드라지는 팔꿈치 부위에 그녀는 살의 섬세한 둥글림을 부각시키는 파임을 가졌다. 다른 이들이 관절을 가진 그 자리가 그녀의 경우에는 굴곡이다, 벌거벗음 때문이 아니라 평온한 오만함 때문에 정숙하지 않은 팔이다. 사진에선 그 같은 팔, 방기한 한 손, 드러난 어깨, 옆얼굴의 앵글, 이런 것이 우리 눈에 보이는 반면, 그녀는 사진가를 향해 든 타원형의 작은 거울 쪽으로 몸을 돌려 그리로 우리를 응시한다. 그녀라면 그 사진을 택했을 것이다. 혹은, 무도회장 출구에 등을 돌리고 선 사진, 이미 그건 봤다, 백조 깃털 외투 안에서 살이 환호작약하는 가운데 그녀가 사진 속 **자신을 바라보는 우릴** 거울을 통해 바라보는 그 사진이나. 금세기 최고의 미녀. 1900년 7월의 어느 아침, 지그문트 프로이트가 쏜살같이 상상의 파리 여행을 하다 이 전시회에 들렀다면 몽상에 잠겨 이렇게 질문했을지도 모르는 일이다. "대체 이 여인은 무엇을 원하는 것일까?" 모른다. 그녀가 뭘 원하는지 우리는 알 수 없다. 그러나 카스틸리오네 부인의 사진을 바라보며 그녀가 뭘 하는 것인지는 알 수 있다. 그녀는 춤춘다. 그 사실은 눈에 보이지 않는다, 비가시적이니까, 그렇지만 아침부터 저녁까지, 자신이 타인의 시선 아래 놓이는 순간부터, 그녀는 춤춘다. 그 춤에 관해서 우리는 거의 아무것도 볼 수 없다. 오로지 사진만이 그녀 속 유령들의 그 끊임없는 움직임을, 상대방을 향한 오고 감을, 반복과 도약 들을 가시화하고 그럼으로써 일부 안무가들이 판타스마타(fantasmata)라 부르는 것이 나타나도록 하는데, 이 개념은 도메니코 다 피아첸차*라는 옛 춤의 대가가 1425년경에 쓴『춤과 합창 지휘의 기술에 대하여(De arte saltandi et choreas ducendi)』에 최초로 언급된다. 그의 말을 따르면, 몸은 판타스마타에 의거해 춤을 추어야 한다는 것이다. 그게 뭔가? 동작이 일단락될 때 춤추는 이가 마치 메두사의 머리를 본 듯 그 사위를 멋게 만드는 방식을 말한다. 동작을 완수하기 위해서는 일순간 몸의 정수가 멋도록 만들어야 한다, 다시 말해 그것의 방식과 절도, 기억을 고정시켜야 한다, 우리는 그 순간에 전적으로 돌과 같아야 한다고 그는 쓴다. 춤의 정수는 바로 이 같은 형상의 부동화에, 유일하게 움직임의 감각을 주는 그 정지 화상 속에 있다. 사진은 상대방의 시선 밑에서 끊임없이 펼쳐지는 여인의 춤을 포착하게끔, 어떤 비밀의 즉각성(instantané)을 드러내는 이 돌의 상태를 붙잡게끔 해준다. 그녀는 바로 그 사실을 전시하고 싶었으리라.

금세기 최고의 미녀. 이 바보 같은 제목은 그녀에게서 나온 착상이 아닐 것이다. 만약 그녀가 몽테스키우 백작에게 조언을 구할 수 있었더라면 그녀의 전시는 백작이 그 자신의 초상 사진첩에 부여한 제목이기도 한 〈에고 이마고(Ego Imago)〉라 불릴 수도 있었을 것이다. 그리고 거기 달릴 설명

* Domenico da Piacenza(대략 1400~1470). 이탈리아 르네상스기의 춤 선생.

문들은 그보다 한참 후인 1960년대에 신디 셔먼이 자신의 어린 시절 사진첩 속 각각의 사진 아래에 단 이 글귀들로 요약할 수 있으리라. 댓츠 미…… 댓츠 미…… 댓츠 미…… 그래, 이건 나야, 포즈를 취하고 상대방의 시선에서 스스로를 찾는 이 여자는, 댓츠 미, 이 강퍅한 시선의 유혹녀는, 제가 지닌 신체적 특질들로 능란하게 유희한다고 믿는 이 여자는, 댓츠 미, 자기 자신의 등장이라는 작은 연극을 광적으로 조직하고 그 열광을 숨긴다고 믿는 이 여자는, 댓츠 미, 동정을 살피고 상상의 이야기를 꾸며내며, 댓츠 미, 차용과 모방과 분노와 거짓말로 이루어진 이 여자는, 댓츠 미, 시체 같은 술병 더미 사이로 무너지는 이 여자는, 댓츠 미, 손에 칼을 쥐고 나타나는 이 여자는, 댓츠 미, 탁자 위에 놓인 그림틀 너머에서 우는 이 여자는, 댓츠 미, 불가해한 공물을 바치기 위해 설치된 제단인 양 악취 풍기는 몸뚱이로 바구니 안에 널린 죽은 개들, 그 사랑하는 것들의 몸 앞에서 절하며 우는 이 여자는, 그건 나, 분칠한 채 꼼짝 않는 이 가면 같은 얼굴, 나, 폐허가 된 물질 앞에서의 이 우울, 이 혼란, 이 비통한 애도는, 댓츠 미. 그렇기에 그녀는 사진들 전부를 보여주어야 했으리라. **전부를**. 그 사진들이 전부, 심지어 가공할 것들까지도, 고스란히 거기 있어야 비로소 그 모든 게 여인의 모방작, 우스꽝스러운 분장이 아닐 수 있었으리라, 그 어떤 가장, 어떤 유희도 유혹이 아니며, 그 어떤 끔찍한 것, 그 어떤 인용도 메멘토 모리*,

* memento mori(죽음을 기억하라). 인생의 헛됨을 경고하여 오만에 빠지지 않도록 하려는 라틴어 경구.

그 같은 종류의 지나친 기교가 아닐 수 있었으리라, 그러했으리라. 댓츠 미, 진정성의 드라마, 진정성의 어리석음이자 영광, 광기의 농담. 그녀의 유일한 가면은 사진 그 자체다.

C*** 박물관의 수석 학예원이 관리국에 서신을 보냈다. 그는 내가 고른 성유물함 사진을 거부한다. 전화 너머에서 누군가가 편지의 일부를 읽어준다. "[…] 우리 박물관은 각별히 빼어난 작품들을 보유하고 있습니다. 그중 그로마를리의 샹들리에나 외제니 황후의 화장용 거울이 동시대적인 시각 및 상상적인 접근에 내맡겨질 소장품으로 채택되었더라면 바람직했을 것입니다. […] 명확히 입장을 밝히자면, 우리 박물관을 찾는 관객들의 감성에 이 기획은 적절하지 않을 듯합니다. 뿐만 아니라, 비천성과 같은 것은 문화유산의 가치를 고양하려는 우리의 취지에 부합하지 않습니다." 특임관과 계속 대화를 해봐야겠다는 마음에 그와의 면담을 요청한다. 그러나 불가능하다. "그분의 특임은 완료되었습니다"라는 답이 돌아온다.

한참을 찾은 끝에 전에 정리해뒀던 메모들을 다시 꺼냈다. 오래전에 거의 무심하게 읽고 지나간 이야기, 자기 모델로 뭘 어떻게 해야 할지 모르다 느닷없이 사진이란 것의 전체를 발견한 사진가의 에피소드를 다시 확인하려고 온갖 주와 책들을 뒤적였다. 그녀는 나체고, 지나치게 텅 비고 과하게 조명이 밝은 촬영소 안을 어색하게 돌며 포즈를 궁리해보나, 스스로 어찌할 바를 모른다. 조명도, 장소도, 원하는 바도, 주제도, 내 기억 속에선 전부 확실치 않다. 사진가는 제 카메라 뒤에서 없다시피 한 꼴이다. 그는 침울한 말투로 지시를 주고, 자기 자신과 그녀에게 당연히 짜증이 나서 결국엔 기도문 비슷한 말, 아니면 비난을 늘어놓듯이 그녀보고 뭔가 눈에 띌 만한 걸 하라고, 아니면 하지 말랬던가, 그게 아주 분명치는 않았는데, 여하튼 그런 요구를 한다. 잠깐의 시간. 벌거벗은 여자가 말 그대로 제 몸을 던진다. 가위처럼 교차하는 두 다리, 보이는 광경. 사진가는 이렇게 이야기한다. 여자가 양다리를 들어 찰나적으로 엇바꾸는 순간, 섬광처럼, 충격적으로 드러나는 그녀의 성기가 보인다. 모든 사진은, 심지어 가장 신중한 것, 가장 조심스러운 것일지라도, 다름 아닌 그 봄을 추격한다. 그가 확보하게 될 것은 아마도, 아니다, 그는 그렇게 말하지 않는다, 아마도 그는 온 밤을 자신의 암실에 틀어박혀 그 충격적이면서도 불분명한 광경을 확대하려 들 것이다, 그것을 확대하려고, 그 이미지 속으로 들어가려고, 다시 더 확대하려고, 블로 업, 그 모호한 어둠 속으로 뚫고 들어가려고 할 것이며, 촬영소는 여자의 성기, 바라보이는 탓에 비형태가 된 그 이미지를 확대한 사진들로 가득 차게 될 것이다. 그러나 아무것도 나타나지 않으리라. 멀리서 찰나의 섬광 속에 배출된, 절대적이면서도 맹목인 그 약간의 지식 외에는 아무것도. 깊이도 증거도 갖지 않는 적나라한 누설 외에는 아무것도 말이다.

어째서 한 편지에서 그녀는 자신의 방을 "범죄의 방"이라 부르는 걸까? 1930년대에 그녀를 다룬 전기 한 편은 이 여인을 냉정하고 자기도취적인 인물로 판단하며 이렇게 결론 내린다. "한 여인이 제집의 방 한 칸에 그런 이름을 명예 삼아 붙인다면 십중팔구 그곳에서 본질적인 범죄는 절대 저질러지지 않았다는 뜻이다." 사면의 벽 안에서 무슨 일이 벌어졌는지는 결코 아무도 알 수 없을 것이다. 십중팔구, 진짜 침실, 온갖 소품으로 미어터지며 당시 실내장식에서 흔히 사용되던 자질구레한 일상 용품들로 무너져 내릴 지경인 물질주의적 침실 말고 진정한 내면의 방은, 한결 빈약한 제 침대를 유령들로 넘쳐나게끔 만드는 어린 처녀의 시선에 비친 대로 근본적으로 텅 비고 향락에서 놓여난 침울하고 폐쇄된 장소였을 것이다. 반대로 사진의 암실, 그곳은 다채로운 재현으로 넘쳐나는 방이다. 거기서는 기계로 설치된 배경과 각종 채색 천, 실감 나는 소품들 틈에서 모든 것이 다시 유희에 들어간다. 요컨대 그곳에서는 모든 것이 가장된 것이기에 활기를 띤다. 그녀는 문을 다시 닫고 불을 끈다. 그녀는 혼자다.

이제 정리를 해야 한다. 엄마의 어릴 적 사진들을 발견한 날, 난 그것들을 가져왔다. 엄마에게 달라고 하기는 싫었다. 달라고 하면 엄마는 분명히 줬을 테지만. 집에 돌아와서도 사진들은 상자 속에 넣어뒀을 뿐, 그것들로 달리 한 일은 없었다. 대부분이 가장자리가 너덜너덜해진 작은 사진들이었다. 그다음은 그보다 분량이 적은 큰 사이즈의 사진들, 초상 사진들, 니스의 바닷가 광경, 프롬나드 데 장글레 산책로, 꽃싸움, 가장무도회, 햇빛 가득한 테라스, 친구들이나 외할머니 옆에서 찍은 사진들. 그녀, 외할머니의 얼굴은 매몰차고도 환하다. 이 놀라운 태도, 타고난 우아함, 세련미, 그러니까 더 나이 든 후에도 외할머닌 조프르도로(路)의 프리쥐니크 마켓에서 산 플라스틱 진주 장신구를 그처럼 근사하게 걸치곤 했지, 사진으로 드러나는 외할머니의 자명한 존재감, 그 확실성이라니. 박물관의 거절로 전시 기획을 포기하게 된 후 나는 사진 상자를 다시 열어봤다. **어머니가 돌아가신 지 얼마 되지 않은 어느 11월 저녁에 나는 사진들을 정리했다.***
난 기억나지 않는 기억을 끊임없이 향하며, 그것에 질서를 부여하려 애썼다. 내가 상자를 연다. 방향을 잃고 헤매게 만드는 어두운 통로로 들어선다. 텅 비고 불 꺼진 어떤 집의 복도다. 침실들로 이르는 어두운 통로를 지나고, 속삭임과 항의하는 듯한 중얼거림, 한숨, 억누른 비명, 드문드문 남은 말들, 갖가지 단념의 사이를 뚫고 나아간다. 어떤 날에 난 지나치게 큰 몸짓을 하다 실수로 사진들을 식탁보 위에 떨어뜨리곤 그 앞에 주저앉아 우는 노파, 꼭 그 사람 같다. 그녀는 아마 이렇게 이야기하고 싶은 것이리라, **이 사람은 내 엄마야,**

* 롤랑 바르트 『밝은 방』(Seuil, 1980), 2부 25의 도입부. 2부를 여는 이 첫 구절이 본문에 인용되었다. 다만 한 군데, '정리했다'에서, 바르트가 단순과거 'rangeai'로 쓴 것을 레제는 반과거 'rangeais'로 바꿔 인용했다.

어린애의 시선으로 날 바라보면서 응, 그래, 그런 거 같지, 내 엄마야, 그런데 여기 이건 누구야? 그러면서 그녀는 손가락으로 자기 자신을 가리킨다. 그것이 자신이라는 걸 알아보지 못하고 날 쳐다보며 더 이상 생각이 안 나네, 그녀의 입이 떨린다. 수척한 얼굴에 비해 지나치게 큰 입, 두 입술은 창백하고, 서로 닿는 부위가 하얗게 떴다. 말이 어눌해져 잘 나오지 않는 그녀는 자신의 어릴 적 사진들을, 자기 엄마의 사진들을 쳐다본다. 그녀는 말하고 싶다, 하지만 더 이상 아무 할 말이 없다. 우는 수밖에. 옛날 생각만 하면 우는 것이 노인들의 기벽, 이라고 간호사가 말하며 사진들을 정리하고, 난 꼭 그 늙은 여자 같다, 나는 이미 고인이 된 사람들의 얼굴을 들여다본다. 사진들을 계속 넘기면서 복도를 걷는다. 느리게, 구부정하게, 비참하게.

1843년 12월, 엘리자베스 배럿 브라우닝*은 메리 러셀**에게 이렇게 쓰는데, 초상 사진들은, 비단 그것들이 지닌 유사성뿐 아니라 이 오브제가 불러일으키는 여러 연상과 근접감 때문에도, 신성화된 듯 보인다. 그도 그럴 것이, 라면서

* Elizabeth Barrett Browning(1806~1861). 빅토리아 여왕 시대의 대표적인 여성 시인. 연하에 아직 무명 시인이었던 남편 로버트 브라우닝과의 사랑 및 합작으로도 잘 알려져 있다.

** Mary Russell Mitford(1787~1855). 영국의 작가. 엘리자베스 배럿 브라우닝과는 1836년경에 만나 우정을 나누게 되었다고 전해진다.

그녀는 말하길, 인물의 그림자 자체가 거기에 영원히 고정되고 마니까요.

죽음은 기차 여행 중에 마주치는 그 미지의 여인이다. 람페두사의 주인공 살리나 왕자는 그녀를 알아본다. 그건 그가 예전에 예쁘다고, 매력적인 얼굴을 가졌다고 생각했던 바로 그 젊은 여인이다. 그녀의 얼굴은 물방울무늬 베일에 가려 약간 흐릿했고, 모호한 기억처럼 금방 사라졌으며, 몹시 피로한 여행의 무감각 상태로부터 일순간 그를 끌어냈었다. 시간이 됐다. 그는 흰 시트 아래 누워 있다. 그러자, 보라, 그 젊은 여인이 밤색 여행복을 입고 작은 모자를 쓴 채 나타난다. 그녀는 몇 마디 사과의 말을 속삭이며 살그머니 들어온다. 비통에 잠긴 채 침대 주위에 모여 이미 장례 행렬을 이룬 사람들을 사슴 가죽 장갑을 낀 한 손으로 가볍게 제치고, 그녀가 미소 지으며 다가온다. 이어 아주 부드러운 동작으로 베일을 들어 올리며 그에게 제 본얼굴을 보여준다.

우리가 좋아하는 것들은 우리가 별로 아는 바 없는 것들이다. 예를 들어, 내가 유일하게 사적인 전시를 위해 간직해 둘 여기 이, 뒷면에 〈1949년 4월 15일 부활절, 보리외〉라 제목이 붙은 작은 판형의 사진. 이게 내가 상자 깊숙이 골라 간직할 유일한 사진이다. 등을 돌린 세 소녀가 넓적다리께까지 물에 잠긴 채 나란히 있다. 엄마는 이 셋 중의 한 명이다. 하지만 그중 누구일까? 물은 아무 움직임 없이 투명하며, 약간 흐릿한 회색빛 사진의 뭔가가 사라진 듯 불투명한 밝음 속에서 하늘과 한데 섞여, 올 굵은 흰 면으로 만든 수영복이나 수영모의 노골적인 반사광에 불과해 보인다. 등을 돌린 세 소녀, 그중 한 명은 물에 몸을 잠그고, 다른 한 명은 물속을 유심히 살피며, 세 번째 소녀는 꼼짝 않고 똑바로 서 있다. 잠수하는 아이, 탐색하는 아이, 아니면 몽상하는 아이일까? 포말을 일으키며 물에 몸을 던지는 아이, 관찰하고 조사하는 아이, 혹은 아무 생각 없이 먼 곳을 바라보는 아이인가? 엄마는 그 셋 모두일 수 있으리라. 분명히 그랬을 것이다, 엄마는 즐거운 소녀였고, 세심한 소녀였고, 꿈꾸는 소녀였을 것이다. 하지만, 그래도 나는 계속 바라본다. 작고 흰 수영모를 쓴 이 가녀린 실루엣, 약간 처진 어깨선, 무심히 물결을 찰바닥거리는 듯한 두 손, 무엇보다도 소녀가 등을 돌리고 있으니 볼 수 없는 그 시선을. 그것이 머나먼 저곳, 수평선을, 그로부터 온갖 것이 도래해 기다림을 채울 테고 그로부터 온갖 것이 태어나 만족을 주거나, 유린하거나, 닥치는 그대로를 받아들이게 할 저기, 저 수평선을 바라보느라 아득하다는 걸, 나는 의심치 않는다.

세 여인이 역광 속에 있다. 얼굴은 보이지 않는다. 그네들은 실을 엮는다. 노나, 데쿠마, 모르타, 밤의 딸들. 하나는 실을 잣고, 다른 하나는 길이를 재고, 마지막 하나는 자른다. 때로 사람들은 말하길, 그녀들은 일하면서 콧노래를 흥얼거리거나 작은 소리로 중얼거린다. 내 얼굴을 봐요, 내 이름은 마이트 해브 빈이랍니다, 나는 또 노 모어, 투 레이트, 페어웰이라고도 불리죠. 모이라, 파르크, 노른, 이들은 항상 세 자매로, 시간보다 나이가 많다.* 그중 세 번째 여인의 이름은 아트로포스, 곧 **무정함**이라는 뜻이다.

* 고대 그리스에서 ‘모이라(les Moires, Μοῖραι)’는 운명의 세 여신. 각기 노나(Nona), 데쿠마(Decuma), 모르타(Morta)라는 이름을 가진다. 노나는 실을 잣고 데쿠마는 운명이며 모르타는 가차 없다. 라틴어권에서는 이들을 ‘파르크(les Parques)’라 불렀으며 그 이름은 차례대로 클로토(Clotho), 라케시스(Lachésis), 아트로포스(Atropos)다. ‘노른(les Nornes)’은 북구신화에서 세 여신을 합해 이르는 명칭으로, 우르드(Urd, 일어난 것), 베르단디(Verdandi, 일어나는 것), 스쿨(Skuld, 일어나야 할 것)이 그 각각이다.

옮긴이의 말

전시와 소설

닫힌 책의 뒤표지를 본다. 원본의 그 면에 한 문구가 작은 선언처럼 인쇄돼 있다. "모든 건 전시될 수 있다." '전시' 그 자체의 가능성이 한껏 신장되며 단어들이 동요 속에 전위하듯, 문구는 이내 이렇게 바뀌어 읽힌다. 전시의 모든 것. 이런 질문이 마음대로 따라온다. 그럼 대체 전시란 무엇이지?(전시는 그 모든 전시를 통해 무엇을 전시하나.)

책을 편다.

* * *

전시. 거기서부터 문서고 동시대 출판기록물 연구소(Institut Mémoires de l'édition contemporaine, IMEC)의 수장, 전시 기획자 나탈리 레제의 첫 소설은 제 물꼬를 튼다. 우리의 일이 일상의 업무 너머의 것이 되며 속삭일 때, 가령 이런 말, "우리가 찾는 건 아주, 아주 작은 것이야"(22쪽). 우린 흔들리고, 건성이기는커녕 일에 진심이기 때문에 건드려져 흔들리고, 우리의 일을 밀고 나가 다른 것에 닿게 되는 것인지도 모른다. 이를테면 글쓰기에. 시나 소설에. 무슨 사건이 일어났나. 그건 쓰려는 이도 아직 알지 못한다. 적어도 명확하게는. 그는 내면의 휩쓸림이 시키는 바를 하지 않을 핑계를 대기보다 충실히, 심지어 저 자신에 반(反)하여 그 부름에 상응하는 바를 이행하게 될 테다. 그러면서 그 답을 알아가는 것이리라. 더 정확히 말하면, 씀으로써 그 답을 캐내고 외부로 펼쳐 보이는 것이리라. 이 소설은 그런 과정의 기록이자 게시다. 이것을 쓰는 이는 이것을 전시하는 이다.

무릇 기획은 안정된 축이라면 모를까, 구멍과 동요를 요구하지는 않는다. 그러나 시간을 통과하는 사물들의 마모에 귀 기울이는 이에겐 잊힌 목소리들, 침묵에 잠긴 기억들, 마음속 깊이 찍혀 좀처럼 가시지 않는 유년의 인상들이 유령처럼 출몰해서, 그것들이 축 밑으로 구멍을 파고, 내부에 파탄을 일으키고, 드문드문 띄엄띄엄, 근원적인 더듬거림을 그 틈새에다 부리려 들 것이다. 하여 일의 말짱한 타성을 좀먹는 손색, 가루와 먼지와 편린들이 득세하는 간헐한 구조, 현실의 미세한 부서짐하에 디테일과 뉘앙스와 어스름이 직조하는 거미줄, 이런 것들과 함께 유독 이런 것들을 욕망하며 도래하는 일인칭 시점 언어의 집합체를 '허구', 구체적으로는 레제의 소설이라 칭하자. 서사와 사건의 연속보다 일순간 포착되는 현전에, 그 멎음과 맺힘의 국면에 중점을 두는 말의 춤["춤의 정수는 바로 이 같은 형상의 부동화에, 유일하게 움직임의 감각을 주는 그 정지 화상 속에 있다"(130쪽)], 전시에 대해 말할 뿐만 아니라 스스로 전시로서 이 모든 걸 말하려는 텍스트를 '전시-문학' 내지 '전시-소설'이라 분류해보자.

그래도 무방해 보인다.

(소설 쓰기까지 포괄하는) 전시의 모든 가능성에 감히 다가가고자 한다면, 또는 전시가 글쓰기를 통해 실현될 수 있으려면, 역설적으로 그때 적절한 형식 요건은 총망라나 집대성이 아닐 것이다. 중심에서 벗어난 세부들과 여백만이 그 불가능한 기획에 한결 가까이 가도록 허락한다. 부분의 부분성은 체계의 닫힘을 교란하고 지연하기에, 그런 의미에서 항상 전체보다 크므로. 그렇다면 우리에게 오는 작품은 작고, 적고, 완벽한 아물림 없이 장르와 장르 사이로 연신 미끄러지는["이동시키기, 교묘히 빠져나가기, 흐릿하게 만들기"(7쪽)] 소설이다. '전시의 준비'라는 테마 아래 소재로서 전시와 전시로서 텍스트 구현, 이 두 극을 오가며 모서리들과 세부들(만)을 생산하려는 책이다. 컷과 컷을 성글게 엮으면서, 달리 말해 장면과 장면의 간격과 성격을 면밀히 조절해 알맞은 배치를 확보하면서 말이다. 세부는 응시하거나 읽거나 열거할 수 있되 더 이상의 요약이 불가하며, 모서리, 이것으로 말하면 자칫 찔리기나 하라고 있는 것인지? 따라서 이제 우리가 낚아 이 자리에 전달하는 내용은 기껏해야 뭉뚝한 큰 것이다. 아래와 같이, 작품의 대강을 추리는 데에나 소용될 사항들이다.

한편에서는, 이런 것이 먼저 눈에 띈다. 실제 작가든 가상의 화자든 기획자 '나'와 이 '나'가 준비해야 할 전시. '나'에게 전적인 재량권과 함께 제안된 주제는 공교롭게도 '폐허'다. 전시의 제재가 그처럼 완전히 유기된 사물의 상태라는 점에서, 이 기획안은 삶과 형태의 밑바닥에 은닉된 그것들의 진실과 본체, 곧 죽음과 비형태라는 "파란"을 드러내 보여야 마땅하리라. 따져보면 전시의 본성은 언제나 폐허에의 생각과 결속하고 그것에 도전한다. 그래서 '나'는 단어 'exposition'의 일반적 의미들(바깥을 향해 놓음, 다시 말해 노출, 전시, 현시, 진열, 진술, 유기……)을 재조립해 "사물명을 주어로 하여 모종의 비밀스러운 유기를 배치하는 일"(99쪽)이란 정의를 설정하며, 그 규정의 실천이 제가 행할 바의 요체라 생각을 공글린다. 최종 소재로 채택된 카스틸리오네 부인의 이미지들 중(실은 '나'가 이 소재에 의해 채택되었다 보는 편이 맞겠지만) 소위 '사진'의 엠블럼이 된 작품을 비롯, 피에르송이 찍은 전성기 적 클리셰들보다 그 네거티브 형태, 내면의 냉담만을 반영하는 때로 충격적이기까지 한 영상들이 그녀의 '진짜 초상'으로 주목되는 것도 의당 그런 연유에서다.(게다가 왜 초상 사진인가, 한 인물의 초상 사진은 쉽게 그의 초상[初喪]이나 영전[靈前]과 공명한다는 점에서, 현전의 환각과 부재의 증거를 동시에 머금은 최고치의 폐허 아니겠는가.) 그렇지만 유감스럽게도 이는 레제 혹은 '나'의 성찰이 도달하는 결론일 뿐, 작중의 문화유산관리국과 박물관 관계자들에게 폐허의 뜻은 전혀 다르게 각인돼 있다. 그들에게 폐허는 영광으로 수놓여야 할 문화유산 한 점이다. 그럴 때 그것은 이전의 문화적 코드와 역사를 흡족히 제 것으로 재인하게 하는 실리적 방편, 스투디움의 촉발제에 가깝다. 이 맥락에 약간의 사족을 덧붙이자. 예컨대, 산업 개발과 도시 건설, 부의 과시와 사치 장려, 배금주의 등으로 특징지어지는 19세기의 프랑스, 한마디로 '돈'의 시대에다 마침 '나'의 검토 대상 카스틸리오네 부인의 시절이기도 한 제2제정기의 프랑스에서 전시는 그 사회의 속성과 풍습을 가장 잘 나타내는 경제적 행사, 문화적 광풍이었으며('만국박람회'는 그 정점이다), 언어의 건축을 통해 한 사회의 구축과 해체를 사실적으로 반영하려 한 19세기 문학에 맞먹게 이들 근대적 전시에서도 제일 인기 있는 흥행 레퍼토리는 폐허였다.* 폐허가 공허 체험을 위한 근사한 대중적 눈요기일 수 있고, 어쩌면 으레 그랬다는 얘기다. 사물과 존재가 접어든 끝의 지경, 즉 '비천'이 구경감의 자리를 이탈해 보는 이의 내부로 침입하며 플로베르식의 '이건 바로 나다!'라는 확인(이럴 때의 풍크툼!), 관객 자신의 스토리가 되어서는 곤란하다는 게 이런 시속에 깔린 기본 전제라고 한다면, 우리가 속단하는 걸까. 여하튼 '나'와 주최 측 간의 골은 깊고, 타협의 여지는 없다. '나'에겐 이 문제를 바로 천착할 다른 장이 필요하다. 그리고 그 역할을 소설이 수행한다. 글쓰기는 그 전시의 준비와 조사에 뒤잇는 실패 내지 최종적인 불발의

* Philippe Hamon, 『전시들. 19세기의 문학과 건축(Expositions—Littérature et architecture au XIXe siècle)』, José Corti, 1989, p. 59.

과정을 산발적으로 따라가며 제 욕망과 원칙에 의거해 고집스럽게 기획을 계속한다.

다른 한편, 『전시』의 산발성 골조에 서서히 다른 퍼즐들이 투입됨에 따라, 그중 하나가 발휘하는 구심성이 유독 읽는 이의 주의를 끌 것이다. 바꿔 말해, 전시의 본질이나 예술의 속성에 대한 반추만이 이 소설의 세부들, '소설이라는 세부들'을 생성, 유지하는 독자적 원동력일 리는 없다. 더구나 그런 반추는 소논문으로도 충분히 잘할 수 있고. 레제의 창작 배경에는 보다 내밀한 또 다른 동력이 존재한다. 대외적으로 개최될 전시가 물거품이 되고 카스틸리오네 부인의 클리셰에 대한 '나'의 해석은 받아들여지지 않는 대신, 소중히 골라 감춘 단 하나의 사진으로 꾸린 "유일하게 사적인 전시"(137쪽), 일종의 추모전은 열리게 되리니, 기획자를 작가가 되도록 미는 문제의 강력한 동인이란 유년기의 기억에 뿌리박힌 이 다짐이다. 내 엄마가 말 못 하며 감내하고 산 삶의 '부당함'을 내가 말해야만 한다. 글쓰기의 어떤 지위, 어떤 가능성이 그 입, 그 말에 정당한 기회를 부여할 수 있을까, 소설 말고. 평생 외할머니의 당당한 여성성에 눌리고 그 냉정함에 상처받은 데다 아버지의 "딴 여자"에 가려 그늘진 생을 산 여자, '나의 어머니'. 레제가 한 인터뷰*에서 밝힌 중요한 단서를 참조할 때, 19세기의 초상 사진 예술가 카스틸리오

* 웹진 〈BOMB〉 153호에 실린 레제와 『전시』의 미국판(Dorothy Project, 2020) 역자의 대화 「어맨다 드마르코가 만난 나탈리 레제(Nathalie Léger by Amanda DeMarco)」(2020년 9월 11일).

네 백작 부인, 단 한 편의 자기 영화 〈완다(Wanda)〉(1970)를 제작하고 사라진 감독 겸 배우 바바라 로든, 퍼포먼스 중 무참히 살해당한 페미니스트 행위예술가 피파 바카의 생을 차례로 다룬 그의 3부작은 패배하고 몰이해나 거부의 희생양이 된 여성 예술인들을 재조명하려는 시도 못지않게, 그 자리를 빌리고 객관적 탐구에 겹쳐서 자기 가족사의 비극을 돌아보고, 상처를 드러내고, 드러내되 다른 성찰과 세부 들로 환기(換氣)해 지나친 감정적 몰입에 적정한 견제를 가하고, 그 정제의 과정에 힘입어 지워진 제 모친을 빛 앞으로 노출시키려는 염원의 표출이다. 한 번, 두 번, 세 번, 그렇듯 번번이. 이 목표를 위해 소설 『전시』는 지난 시대 한 여성 예술가의 면면을 파헤치는 약전(略傳)에서 예술과 전시에 대한 단상적 에세이이자 에세이 형태의 전시로, 다시 바르트의 사진 에세이 『밝은 방』의 추구처럼 제 어머니의 본연의 '분위기'를 온전히 되찾으려는 딸의 자전적 기록으로, 부단히 저 자신을 돌이키고 번복하는 것이다. 뭔가가 좀 풀리는 느낌인가? 다시 처음으로 돌아가 보자. 책의 앞머리에서 우릴 맞는 건 시몽의 소설 『풀(L'herbe)』(1970)의 인용구다. "그 여잔 당신에게 아무것도 아니라고." 아무것도 아닌 존재, 아무 관계도 없는 대상인 걸 안다면서, 왜 "보이지 않는 제 앞의 무언가를 계속 바라"보나. 이것과 카스틸리오네, 작가의 개인사가 무슨 상관인가? 이 물음으로 우리의 마지막 생각을 가다듬어보자.

독서의 말미에 당도할수록 이 인용의 의중이 짚인다. 소설 쓰기는 줄글의 풀려 놓임에 의지해 나와 세계의 관계성을 지어내는 실천이다. 낱말 'exposition'의 산만한 일반 의미들이 유기적으로 조합돼 '전시'라는 일의 정곡을 구성하는 것처럼, 자신과 다른 존재들 사이의 무연성만이 부각될 따름인 기다림의 시간과 주저하는 마음의 흐름을 타고, 지루한 고집으로부터, 점차 그 사이의 (없던) 관계가 구성되고, 우리와 우리 내부의 가만한 진실들이 사실과 허구, 지식과 상상의 구분을 넘어 조금씩 윤곽을 갖추고, 생각이 나고, 그리해야만 할 까닭과 개연성이 어느덧 발견되고(대뜸 내 시선 앞으로 난입하는 한 여자가 있다, 평소라면 끌릴 리 없는 종류의 사진들과 그 주인공 여인에게 불가항력적으로 끌려간다, 없어진 나의 옛집에 돌아가는 것 같다, 언젠가 저 비슷하게 냉혹한 여자의 시선을 맞닥뜨린 적이 있어, 속절없이 다 드러난 채 그 시선에 어린 영혼을 살벌하게 찍힌 적이 있다……), 차츰 흘러나오는 말들이 시간의 견딤이라는 저 모두에게 공평한 고독을 살뜰히 나누어(루이즈는 제 앞을 바라본다, 카스틸리오네 부인은 제 앞을 바라본다, "딴 여자"가 제 앞을 바라본다, 나는 내 앞을 바라본다, 소녀들은 제 앞을 바라본다, 조르조가 자신을 보지 않는 제 어머니를 바라본다, 내 엄마가 자신을 아랑곳하지 않는 자기 엄마를 바라본다, 딴 여자가, 카스틸리오네가 날 바라본다, 나는 거울로 날 바라볼 때 내 엄마를 본다, 나는 썩어가는 개의 유해에 절하는 카스틸리오네의 끔찍한 만년 사진에서 내 내면의 황폐함을 본다, 아무것도 아니긴, 나는 이 여인들이다, 그리고 이 여인들은……) 그 공유의 감각 속에 어떤 이에게는 그에게 합당한 어둠의 황량한 끈기와 수렁의 끈적한 깊이를, 또 다른 어떤 이에게는 그에게 절실한 빛의 표면과 노쇠가 잊게 한 제 부드러운 성정의 실루엣을 '제대로' 부여하기에 이르는 것이다. 세부의 발굴을 통해 동떨어진 양단의 연결 고리를 만들고 밸런스를 맞추면서, 공평히, 공정히. 글쓰기가 추적하려는, 어떤 존재들의 핵심이어서 보이지 않고 보여줄 수 없는 이미지 둘이 있다. 이미지의 초과분, 이미지의 모순이. 소설-전시는 그 본원적인 비가시성을 각각의 주인들에게 돌려줄 작정이다. 아니, 소설은 환유하는 산문들의 전시이니만큼, 말로 '돌려' '대신' 보여줄 결심이다. 비르지니아 올도이니, 제 용모 전시밖에 모르다 반미치광이로 불행한 생애를 마쳤다고 치부되는 그녀의 불명예를 덮어버릴 검은 사진을. 향락, 영락 가리지 않고 제 존재의 스펙트럼 속 한없이 참되며 끝없이 열거 가능한 양태들을 전부 포착하려 했으며, 그런 식으로 사진기 앞 긴긴 포즈의 시간을 여인의 영원한 탄생기로 삼고자 한 그녀의 참된 초상을. 반면 그녀의 대척점에서, 다 망쳐진 생의 기억 한구석에 버려져 언어의 구제만을 기다리는 어머니를 위해, 내 얼굴을 가진 이를 위한, 흰빛의 배광을. 어떤 은총 어린 모습을. 글쓰기는 암영을 저주하고 백광을 찬미하려는 게 아니다. 존재의 두 모습을 고르게 살피는 흑백의 노출 효과를 조성하고, 읽는 이-보는 이를 향해 잠시 두 개의 방을 설치할 뿐이다. 한편에 비르지니아의 어두운 방, 굳게 닫혀 조그만 구멍 한 개로만 들여다볼 수 있는 검은 침실, 그녀의 유일한 가면인 사진의 산실, "광기의 농담"(132쪽)이 샘솟는 암상, 카메라 오브스쿠라를. 그리고 다른 한편에 '나'의 어머니-소녀들을 위한 밝은 방, 망각의 투미한 하양이 원점의 기대 어린 흰빛으로 희석되는 카메라 루시다를.*

어머니에게 밝은 방을. 아직 아무것도 저질러지지 않은 영도(0°)의 백색을. 어머니는 이미 죽었거나 죽은 것에 다름없고, 딸은 그 사실을 바르트의 구절에 포개며 조심스럽게 모친의 죽음에 때 이르거나 뒤늦은 애도를 표하는 것일까. 『전시』는 주요 특질이 에크프라시스에 있다 해도 될 만큼 묘사에 치중하는 작품인데, 그중에서도 가장 아름답게 고른 환유의 말들이 맨 마지막, 보이지 않으며 보일 수도 없는 세 소녀의 뒷모습에 건네어진다. 영도에 자리한 그 셋의 자세는 어머니의 삼위다. 어머니는 그 보이지 않는 얼굴들이다. 물가의 소녀들이 우리에게 보일 수 없다면, 그건 필경 그네들이 우리와 같은 쪽에 있기 때문이다. 우리 각자가 다 같이, 마치 한 사람처럼 미지를 향해, 저 앞 미래의 불안과 희망이 불어오는 쪽으로, 전심으로 스스로를 내어놓고 있기 때문이다. 또, 어머니는 뒤돌아서 우리 눈에 얼굴을 내보이지 않을 때에만, 그래서 그이가 오직 환유적인 짐작을 따라 무한히 사

* 카메라 오브스쿠라(camera obscura), 카메라 루시다(camera lucida). 둘 모두 사진기의 전신에 해당하는 광학 장치. 직역하면 전자는 '어두운 방(암상)', 후자는 '밝은 방'을 뜻한다.

이를 순환할 때에만 세 이야기의 갈래가 벌어질 수 있기 때문이다. 그래야만 인간의 운명을 잣는 시간보다 더 늙은 세 여신의 노래가 유순히 제 전부를 내미는 '한 세 소녀'의 풋풋한 시간을 건드릴 수 있고, 그래야만 시작이 가능하며, 그래야만 우리가 사랑하는 사람을 결코 잘 알지 못하는 일, 우리가 사랑하는 사람은 우리가 잘 알지 못하는 사람이라는 가슴 아프고 무정한 내력이, 결국 그래서 아무리 가까이 다가가도 허구일 수밖에 없는 이야기가, 제 예정된 끊김의 순간에 제때 도착하는 세 편의 소설처럼, 찰칵, 어김없이 발생하고 종료될 수 있기 때문이다.

돌아보는 행위가 돌보는 일일 수 있다면. 그러나 마지막의 세부조차도 지워지니, 끝말은 "아트로포스", 가차 없는 무정함이다.

책이 덮인다.

***

언어의 시간 여정은 이상야릇하기도 하다, 작가의 고백이 글쓰기의 기원에 자리하는 제 "최초의 사진"에 관해, 그날의 그 냉정한 찰칵 소리에 대해 흉금을 터놓는 대목에 도달하는 순간, 우린 그 삽화를 언젠가는 소설이 되어 돌아오겠다는 언어의 기약으로, '아직 속 벌써'의 양상으로 제 탄생과 출발을 알리는 소설 스스로의 예보로 알아듣는다. 우린 글쓰기만이 고유하게 야기할 수 있는 시간의 뒤틀림을 감지

한다. 단선적인 서사의 전개를 마다한 이 소설의 호흡을 존중해야 맞겠지, 의도적으로 흩트린 퍼즐들을 굳이 맞춰 가지런한 스토리, 뒤틀림 없는 인과관계로 환원하지 않아야 타당하겠지. 한데 그러라고 부추기는 양 소량의 정보를 흘리고 제 소견을 끼워 맞추는 이 글을 부디 무시함으로써, 지금 읽을 이의 독서 시간이 느리게, 세부적으로, 먼저 읽은 이의 간섭 없이 주춤주춤 뒤틀리며 흘러가기를.

김예령

지은이

나탈리 레제(Nathalie Léger, 1960~). 작가, 전시 기획자 및 아키비스트, 현재 동시대 출판기록물 연구소(Institut Mémoires de l'édition contemporaine, IMEC) 소장.

1994년 아비뇽 페스티벌에서 배우 겸 극작가 앙투안 비테즈를 기념한 〈연기와 이성(Le Jeu et la Raison)〉전, 2002년 퐁피두 센터에서 롤랑 바르트 자료전, 2007년 퐁피두 센터에서 사뮈엘 베케트 자료전 등, 기획자로서 연극과 문학 분야에 기반한 각종 아카이브 전시들을 이끌었다. 비테즈의 저술들을 문집 『연극에 관한 글(Écrits sur le théâtre)』(1994~1998)과 단행본 『앙투안 비테즈(Antoine Vitez)』(2018)로 묶어 간행했고, 롤랑 바르트의 콜레주 드 프랑스 강의록 마지막 두 권을 고증해 『소설의 준비(La Préparation du roman)』(2002)로 펴냈다. 장르의 경계를 미묘하게 넘나드는 글쓰기로 창작을 시작, 전기 형식의 예술 에세이 『사뮈엘 베케트의 말 없는 삶(Les Vies silencieuses de Samuel Beckett)』(2006)을 썼고, 여성 예술가 3부작이라 할 세 권의 소설집 『전시(L'Exposition)』(2008; 2020), 리브르앵테르상(Prix du Livre Inter) 수상작 『바바라 로든의 생애에 대한 보유(Supplément à la vie de Barbara Loden)』(2012), 베플레르상(Prix Wepler) 수상작 『하얀 드레스(La Robe blanche)』(2018)를 출간했다. 근작 『푸른 하늘을 따라(Suivant l'azur)』(2020)는 2018년 급작스레 작고한 그의 남편, 극작가 장루 리비에르(Jean-Loup Rivière)를 기리는 애도의 글이다.

옮긴이

김예령. 서울대학교 불어불문학과 강사. 파리 7대학에서 루이페르디낭 셀린 연구로 박사 학위를 받았고, 그 연장선상에서 할 수 있는 일들을 하고 있다. 옮긴 책으로 『사뮈엘 베케트의 말 없는 삶』 『제멜바이스 / Y 교수와의 인터뷰』 『코르푸스』 『지극히 높은 자』 『이방인』 등이 있다.

전시

초판 1쇄 발행 2024년 5월 20일

지은이 나탈리 레제
옮긴이 김예령

발행인 박지홍
발행처 봄날의책
등록 제311-2012-000076호(2012년 12월 26일)
주소 서울 종로구 창덕궁4길 4-1, 401호
전화 070-4090-2193
전자우편 springdaysbook@gmail.com

기획·편집 박지홍, 이승학
디자인 전용완
인쇄·제책 세걸음

ISBN 979-11-92884-34-9 03860